星《ほし》のカービィ

スターアライズ フレンズ大冒険《だいぼうけん》！編《へん》

高瀬美恵《たかせみえ》・作
苅野《かりの》タウ・ぽと・絵

JN242391

角川つばさ文庫

もくじ

キャラクター紹介《しょうかい》

カービィ

食《く》いしんぼうで元気《げんき》いっぱい。
吸《す》いこんだ相手《あいて》の能力《のうりょく》を
コピーして使《つか》える。

ワドルディ

デデデ大王《だいおう》の部下《ぶか》で
カービィの友《とも》だち。

メタナイト

常《つね》に仮面《かめん》をつけている。
いつも正々堂々《せいせいどうどう》としている、
りっぱな剣士《けんし》だが……？

デデデ大王《だいおう》

自分勝手《じぶんかって》でわがままな、
自称《じしょう》プププランド
の王様《おうさま》。

三魔官《さんまかん》

プププランドの異変《いへん》に関係《かんけい》しているらしい……？

フラン・キッス

水《みず》と氷《こおり》をあやつる強敵《きょうてき》。

ザン・パルルティザーヌ

三魔官《さんまかん》の長《おさ》。雷《かみなり》で攻撃《こうげき》する。

フラン・ルージュ

炎《ほのお》のわざを使《つか》って戦《たたか》う。

プロローグ

闇《やみ》のはての、そのまたはて。
星《ほし》のまたたきすら届《とど》かない、さびしい銀河《ぎんが》のかたすみに、ふしぎな祭壇《さいだん》があった。
祭壇《さいだん》へと続《つづ》く長《なが》い階段《かいだん》を、一人《ひとり》の男《おとこ》がゆっくり上《のぼ》っていく。
長《なが》いローブをまとい、フードで顔《かお》をかくしている。
男《おとこ》はゆらゆらとゆれながら祭壇《さいだん》に近《ちか》づき、両手《りょうて》を高《たか》く差《さ》し伸《の》べた。
祭壇《さいだん》にまつられているのは、むらさき色《いろ》の巨大《きょだい》なハート。
四本《ほん》の美《うつく》しいヤリが、ハートを祭壇《さいだん》につなぎとめている。
ヤリの下《した》で、ハートはかすかな鼓動《こどう》を繰《く》り返《かえ》していた。
少《すこ》しずつ、少《すこ》しずつ——気《き》が遠《とお》くなるくらいの時間《じかん》をかけて——かつて失《うしな》われた力《ちから》を取《と》り戻《もど》すために。
ローブをまとった男《おとこ》は、ブツブツと呪文《じゅもん》のような言葉《ことば》をとなえた。
彼《かれ》の声《こえ》がひときわ高《たか》まった、その瞬間《しゅんかん》。
ハートをつなぎとめていたヤリの一本《ぽん》が、ピシリと音《おと》を立《た》てた。
みるみるうちに、ハートは力《ちから》を強《つよ》め、四本《ほん》のヤリを次々《つぎつぎ》にはじき飛《と》ばした。
「……！」
ローブの男《おとこ》は、声《こえ》にならない悲鳴《ひめい》を上《あ》げた。
彼《かれ》の目《め》の前《まえ》で、ハートはくだけ散《ち》った。
ヤリのかけらと、ハートのかけらは、まばゆい光《ひかり》を放《はな》ちながら飛《と》び去《さ》っていった。
遠《とお》い遠《とお》い、銀河《ぎんが》のかなた。

あきれかえるほど平和《へいわ》な、あの星《ほし》に向《む》かって——。

1 むらさき色《いろ》のハートのかけら

「あーあ。たいくつだわい」

プププランドは、今日《きょう》もぽかぽか、いい天気《てんき》。

まっさおな空《そら》に、わたがしのような雲《くも》がふわふわと浮《う》かび、あたたかな風《かぜ》が吹《ふ》いている。

デデデ大王《だいおう》は、城《しろ》のテラスで大《おお》あくびをし、かたわらの部下《ぶか》を見《み》た。

「何《なに》か事件《じけん》はないのか、ワドルディ。オレ様《さま》を大興奮《だいこうふん》させるような、スリリングでミステリアスでデンジャラスな事件《じけん》は」

大王《だいおう》のそばにひかえているのは、頭《あたま》に青《あお》いバンダナを巻《ま》いたワドルディ。

バンダナワドルディは、まじめに答《こた》えた。

「事件《じけん》ですか……えーと……きのう、ナックルジョーがバーニンレオとケンカして、手《て》にやけどをしたそうです。あと、ワドルドゥがかなしい絵本《えほん》を読《よ》んで泣《な》きすぎて、目《め》がはれてしまったとか……あと、あと、カービィがコックカワサキのレストランでランチ三十人《にん》前《まえ》を一気《いっき》に食《た》べてしまって……」

「フン、くだらん。そんなの、事件《じけん》のうちに入《はい》らんわい。まったく、平和《へいわ》すぎるのも考《かんが》えものだ」

つまらなそうに言《い》った大王《だいおう》の前《まえ》に、次々《つぎつぎ》と、おやつの皿《さら》が運《はこ》ばれてくる。皿《さら》の上《うえ》には、ケーキやフルーツが山盛《やまも》りだ。

せっせと運《はこ》んでいるのは、ワドルディたち。みんな、見分《みわ》けがつかないくらい、そっくりな顔《かお》をしている。

顔《かお》だけでなく、性格《せいかく》もそっくり。そろって、まじめで、働《はたら》き者《もの》だ。

とある事件《じけん》がきっかけで増《ふ》えてしまったワドルディ集団《しゅうだん》は、今《いま》やデデデ城《じょう》になくてはならない部下《ぶか》たちとなっていた。

「大王様《だいおうさま》ー！」

「おやつです！」

「おやつです！」

「も一つおまけに、おやつですー！」

食《く》いしんぼうのデデデ大王《だいおう》も、次々《つぎつぎ》に運《はこ》ばれてくるおやつに、さすがに食《た》べあきてしまったらしい。むすっとした顔《かお》で言《い》った。

「もう、腹《はら》いっぱいだわい。おやつなんかより、事件《じけん》を持《も》ってこい、事件《じけん》を！」

「事件《じけん》ですかー」

「事件《じけん》ですかー」

「うーん、事件《じけん》ですかー」

ワドルディたちは顔《かお》を見合《みあ》わせて、わいわい相談《そうだん》を始《はじ》めた。

ワドルディたちのリーダー格《かく》のバンダナワドルディが、笑《わら》って言《い》った。

「事件《じけん》がないのは、いいことです、大王様《だいおうさま》。おかげで、のんびりしていられて……」

と、そのときだった。

デデデ城《じょう》の上空《じょうくう》に、何《なに》やら見《み》なれない影《かげ》があらわれた。

「……む？　なんだ、あれは」

気《き》づいたデデデ大王《だいおう》が、空《そら》を見上《みあ》げる。
ワドルディたちも、そろって目《め》をこらした。

「なんでしょう？」

「なんでしょう？」

「ひょっとして……事件《じけん》……？」

影《かげ》は、まっすぐデデデ城《じょう》に向《む》かってくる。

「わっ、なんだ！　こっちへくるぞ！　気《き》をつけろ、おまえたち！」

デデデ大王《だいおう》が叫《さけ》んだ直後《ちょくご》、それは城《しろ》のテラスに突《つ》き刺《さ》さるように落下《らっか》していた。

さいわい、大王《だいおう》にもワドルディたちにもケガはない。

大王《だいおう》は、慎重《しんちょう》に歩《あゆ》みよって、落下物《らっかぶつ》をのぞきこんでみた。

それは、ハートの形《かたち》をした、むらさき色《いろ》のかけらだった。

宝石《ほうせき》のような、水晶《すいしょう》のような、神秘的《しんぴてき》なかがやきを放《はな》っている。

大王《だいおう》は手《て》を伸《の》ばしかけたが、ふと、ためらった。

「なんだ、こいつは？　この光《ひかり》……ううむ……なんとなくイヤな感《かん》じがするぞ……？」

デデデ大王《だいおう》のひとみに、ハートのかけらが放《はな》つ光《ひかり》が反射《はんしゃ》した。

大王《だいおう》は、びくっとした。

その瞬間《しゅんかん》だった。

ハートのかけらは、大王《だいおう》のひとみに吸《す》いこまれるように、消《き》えてしまった。

たちまち、大王《だいおう》の目《め》は、ハートのかけらと同《おな》じ邪悪《じゃあく》な色《いろ》にそまった。

バンダナワドルディは、おっかなびっくり、言《い》った。

「あ、あれ？　ハートのかけらが消《き》えちゃった……どうしたんでしょう、大王様《だいおうさま》……」

大王《だいおう》の顔《かお》を見上《みあ》げたバンダナワドルディは、ハッとして息《いき》をのんだ。

「だ……大王様《だいおうさま》……!?」

デデデ大王《だいおう》の顔《かお》つきが変《か》わっていた。

さっきまでのような、たいくつそうな、眠《ねむ》そうな表情《ひょうじょう》はあとかたもない。

その顔《かお》に浮《う》かんでいるのは、欲深《よくふか》そうな笑《え》みだった。

ギラギラした目《め》でワドルディたちをにらみつけ、大王《だいおう》は言《い》った。

「何《なに》をしてる、ワドルディども。オレ様《さま》は腹《はら》がへってるんだ。食《く》い物《もの》を持《も》って来《こ》い！」

「……え？　で、でも、大王様《だいおうさま》……」

バンダナワドルディはたじろいで、言《い》った。

「もう、おなかはいっぱいだって……」

「**うるさああああい！**」

デデデ大王《だいおう》はカミナリのような声《こえ》でどなりつけ、足《あし》を踏《ふ》み鳴《な》らした。ワドルディたちは頭《あたま》をかかえて、あたふたした。

「食《く》い物《もの》だ……食《く》い物《もの》を持《も》って来《こ》い！　プププランドじゅうの食《く》い物《もの》を運《はこ》ぶんだ……他《ほか》のヤツに食《く》わせてはならん……プププランドの食《く》い物《もの》は、すべてオレ様《さま》の物《もの》だ！」

耳《みみ》をふさぎたくなるくらい、耳《みみ》ざわりで乱暴《らんぼう》な絶叫《ぜっきょう》だった。

「は、はい！」

「ただいま、お持《も》ちします！」

ワドルディたちは、あわてふためいて飛《と》び出《だ》していく。

バンダナワドルディは、ぼうぜんとしてデデデ大王《だいおう》を見上《みあ》げた。

「だ……大王様《だいおうさま》……これは、いったい……」

デデデ大王《だいおう》は、荒《あ》れくるってわめき散《ち》らした。

「きさま、サボるな！　早《はや》く行《い》け！　オレ様《さま》は腹《はら》ペコなんだ……早《はや》く、早《はや》く食《く》い物《もの》を持《も》って来《こ》ぉおい！」

「は、はいっ！」

大王《だいおう》の剣幕《けんまく》には、かなわない。

バンダナワドルディは、仲間《なかま》たちに続《つづ》いて、城《しろ》を飛《と》び出《だ》していった。


さて、そのころ。

カービィは、いつものように、すずしい木《こ》かげで昼寝《ひるね》をしていた。

夢《ゆめ》にみているのは、きのう食《た》べたコックカワサキのおいしいランチ三十人前《にんまえ》。

「んん……おいしーい……もっと……もっと、おかわり……」

テレッとよだれをたらして、寝言《ねごと》をつぶやいた時《とき》だった。

上空《じょうくう》に、ふしぎな物体《ぶったい》が出現《しゅつげん》した。

ピンク色《いろ》の美《うつく》しいかがやきを放《はな》つ、小《ちい》さなかけらだった。

それは、カービィめがけてまっすぐに落下《らっか》してきたかと思《おも》うと——ふわぁっと開《ひら》いたカービィの口《くち》の中《なか》へ、一直線《いっちょくせん》に吸《す》いこまれていった。

カービィは気《き》づかない。ただ、目《め》をさまして、むっくり起《お》き上《あ》がった。

「ふわぁぁ……楽《たの》しい夢《ゆめ》だったなぁ。よく寝《ね》たら、おなかがすいてきちゃった。また、コックカワサキのお店《みせ》へ行《い》こうっと……ん？」

カービィは、奇妙《きみょう》な行列《ぎょうれつ》に気《き》づいて、目《め》をこらした。

デデデ山《やま》のてっぺんにあるデデデ城《じょう》に向《む》かう、曲《ま》がりくねった小道《こみち》。

そこを、おおぜいのワドルディたちが上《のぼ》っていく。

みんな、食《た》べ物《もの》を手《て》にしている。肉《にく》やフルーツやケーキ……おいしそうな食《た》べ物《もの》が、山《やま》ほど。

たちまち、カービィは目《め》の色《いろ》を変《か》えた。

「うわあ、すごい！　どうして、あんなにたくさんの食《た》べ物《もの》をデデデ城《じょう》に……そうか！」

カービィは、ぴょこんと飛《と》び上《あ》がった。

「パーティだ！　デデデ大王《だいおう》は、パーティを開《ひら》くんだね！　やった〜！」

カービィは、自分《じぶん》が招待《しょうたい》された気《き》になって、うきうきした。

「急《いそ》いで行《い》かなくちゃ。パーティ、パーティ！　ごちそう、ごちそう！」

カービィは、飛《と》ぶようないきおいで、ワドルディたちの行列《ぎょうれつ》に向《む》かっていった。

カービィの姿《すがた》を見《み》つけて手《て》を振《ふ》ったのは、バンダナワドルディだった。

「あ、カービィ……」

その声《こえ》には、こころなしか、元気《げんき》がない。

しかしカービィはさっぱり気《き》づかず、バンダナワドルディに飛《と》びついた。

「やっほー、ワドルディ！　今日《きょう》はパーティなんだね。なんのパーティ？　デデデ大王《だいおう》のたんじょう日《び》？　けっこん式《しき》？　なんでもいいけど、おめでとう！　ぼくも、お祝《いわ》いに行《い》くね！」

「う……ううん、そうじゃなくて……」

「プレゼントを持《も》ってないんだけど……そうだ、お花《はな》をつんでいこう。デデデ大王《だいおう》、よろこぶかなあ」

「ちがうんだ、カービィ」

ワドルディは、カービィの手《て》を引《ひ》っぱって、木《こ》かげに連《つ》れて行《い》った。

しんけんな顔《かお》で、声《こえ》をひそめてささやく。

「パーティじゃないんだよ」

「え？　でも、あんなにたくさんのごちそう

……」

「大王様《だいおうさま》の様子《ようす》が、おかしいんだ」

ワドルディの顔《かお》が、くもった。

「急《きゅう》に乱暴《らんぼう》になって、目《め》をギラギラさせてね……プププランドじゅうの食《た》べ物《もの》を持《も》って来《こ》いって、ぼくらに命《めい》じたんだよ」

「えっ!?　プププランドじゅうの……？」

カービィは、さーっと青《あお》ざめた。

「プププランドじゅうの食《た》べ物《もの》を、一人《ひとり》じめする気《き》なの!?　どうして……!」

「わからないんだ。本当《ほんとう》に、おかしいんだよ」

ワドルディは、心配《しんぱい》でたまらない様子《ようす》だった。

「とても食《た》べきれないくらい、たくさんの食《た》べ物《もの》を運《はこ》ばせているんだ。おなかがはち切《き》れそうになってるのに、食《た》べるのをやめなくて……」

「なんだって！」

カービィは、ぴょんと飛《と》び上《あ》がった。

「デデデ大王《だいおう》のおなかが、はち切《き》れたらたいへんだよ！　かわりに、ぼくが食《た》べてあげなくちゃ！」

「え……？　う……ううん……えーと……」

なんだか話《はなし》がずれているような気《き》がして、ワドルディは困《こま》ってしまったが、とにかくカービィの助《たす》けが必要《ひつよう》だと考《かんが》え直《なお》して、うなずいた。

「きて、カービィ。大王様《だいおうさま》をとめてほしいんだ」

「うん！　食《く》いしんぼう勝負《しょうぶ》なら、負《ま》けないぞ。早《はや》く行《い》こう！」

カービィとワドルディは、急《いそ》いでデデデ城《じょう》に向《む》かおうとした。

そのときだった。カービィは、奇妙《きみょう》な物《もの》に気《き》がついた。

「あれは、なんだろう？　見《み》て、ワドルディ」

カービィは足《あし》を止《と》め、空《そら》を指《ゆび》さした。

ワドルディはカービィと並《なら》んで空《そら》を見上《みあ》げ、息《いき》をのんだ。

プププランドの上空《じょうくう》に、むらさき色《いろ》の雲《くも》がたちこめている。

ふつうの雲《くも》ではなかった。見《み》ているだけで気分《きぶん》が悪《わる》くなるような、まがまがしい気《き》を放《はな》つ暗雲《あんうん》だ。

「そういえば……」

ワドルディが、ふるえる声《こえ》で言《い》った。

「デデデ城《じょう》に、むらさき色《いろ》のふしぎな物《もの》が落《お》ちてきたんだ。大王様《だいおうさま》は、それをのぞきこんだとたんに、おかしくなっちゃったんだよ。ひょっとすると、あの雲《くも》と関係《かんけい》があるのかな……？」

「たいへんだ！」

あの雲《くも》が原因《げんいん》だとすると、デデデ大王《だいおう》の他《ほか》にも、おかしくなってしまった住民《じゅうみん》がいるかもしれない。

とにかく、デデデ大王《だいおう》に会《あ》ってみないと。

カービィはデデデ城《じょう》に急《いそ》ごうとした――が、そのとき。

カービィとワドルディの足元《あしもと》で、突然《とつぜん》、小《ちい》さな爆発《ばくはつ》が起《お》きた。

「わ――!?」

二人《ふたり》は、あわてて飛《と》び上《あ》がった。

「な、なに……!?」

びっくりしてあたりを見回《みまわ》したカービィの目《め》に映《うつ》ったのは、小型《こがた》の爆弾《ばくだん》をもてあそぶ、小《ちい》さな生《い》き物《もの》だった。

「あ……ポピーブラザーズJr《ジュニア》．……」

ポピーブラザーズJr《ジュニア》．は、プププランドの住民《じゅうみん》。青《あお》いとんがりぼうしをかぶり、いつもニコニコしている。

見《み》た目《め》はとてもかわいいのだが、爆弾投《ばくだんな》げが趣味《しゅみ》という恐《おそ》ろしい一面《いちめん》を持《も》っている。もっとも、本人《ほんにん》は「爆弾《ばくだん》じゃなくて、花火《はなび》だよ」と言《い》いはっており、悪気《わるぎ》はまったくないらしい。

爆弾《ばくだん》をぶつけられるのは、いつものことなので、カービィはあきれて文句《もんく》を言《い》った。

「もう、ポピーブラザーズJr《ジュニア》.ったら。いつも言《い》ってるでしょ、爆弾《ばくだん》はあぶないから、やめてって……」

「……フフフフ……」

いつもなら、むじゃきな笑顔《えがお》で「花火《はなび》であそぼー！」とはしゃぎ回《まわ》っているポピーブラザーズJr《ジュニア》.だが、今日《きょう》はなんだか様子《ようす》がおかしかった。

まるい顔《かお》に浮《う》かんでいるのは、いつもの明《あか》るい笑《え》みではなく、こわばった冷《つめ》たい表情《ひょうじょう》。ひとみはうつろで、どんよりと、にごっている。

ワドルディが気《き》づいて、叫《さけ》んだ。

「気《き》をつけて、カービィ。様子《ようす》がおかしい。あの目《め》……大王様《だいおうさま》と同《おな》じだ……！」

「なんだって！」

カービィは身《み》がまえた。

「フフ……フ……フフフフ！」

ポピーブラザーズJr《ジュニア》・は笑《わら》い声《ごえ》を上《あ》げながら、次々《つぎつぎ》に爆弾《ばくだん》を投《な》げつけてくる。カービィは、右《みぎ》に左《ひだり》に飛《と》びはねてかわしながら、叫《さけ》んだ。

「やめて、ポピーブラザーズJr《ジュニア》・！　どうしちゃったの!?」

声《こえ》をかけても、返《かえ》ってくるのは「フフフ……」という冷《つめ》たい笑《わら》い声《ごえ》だけ。

カービィは、ポピーブラザーズJr《ジュニア》・をにらみつけた。

「そっちが戦《たたか》う気《き》なら、ぼくだって負《ま》けないからね。行《い》くよ……！」

吸《す》いこんでしまおうと、カービィは大《おお》きく息《いき》をはき出《だ》した。

けれど、攻撃《こうげき》は止《と》まらない。カービィは爆弾《ばくだん》をよけようとして体勢《たいせい》をくずし、よろけてしまった。

「わ、わ、わぁぁ！」

あわてて手《て》を振《ふ》り回《まわ》して、バランスを取《と》ろうとした——その瞬間《しゅんかん》だった。

カービィの両手《りょうて》から、ピンク色《いろ》の光《ひかり》が飛《と》び出《だ》した。

光《ひかり》はたちまち、ぎゅっと固《かた》められたように、ハートの形《かたち》になった。

ワドルディが、びっくりして叫《さけ》んだ。

「え……？　カービィ、それ、なに？」

「……え……？　えっと……なんだろ……？」

カービィ自身《じしん》にも、まったくわけがわからない。突然出現《とつぜんしゅつげん》したピンク色《いろ》のハートに、とまどうばかり。

カービィが考《かんが》えこんでいる間《あいだ》も、ポピーブラザーズＪｒ《ジュニア》．は爆弾攻撃《ばくだんこうげき》を止《と》めなかった。

「フフ……フフフフ……フッフッフ――！」

「わあっ、あぶない！　やめてったら！」

カービィは、とっさに、手《て》にしたハートを投《な》げつけた。

ハートが当《あ》たれば、ポピーブラザーズＪｒ《ジュニア》．はたじろぐだろう。そのすきに、吸《す》いこん

でしまおう……そう思《おも》ったのだ。

けれど、そのとき、だれにも予想《よそう》できないことが起《お》きた。

ハートをぶつけられたポピーブラザーズＪｒ．《ジュニア》は、おどろいたように動《うご》きを止《と》め、カービィを見《み》つめた。

目《め》と目《め》が合《あ》った瞬間《しゅんかん》、彼《かれ》は飛《と》び上《あ》がり、手《て》にした爆弾《ばくだん》を後《うし》ろに放《ほう》り投《な》げた。

「カービィ!?　カービィ！　わぁい、カービィ、カービィ！」

ポピーブラザーズＪｒ．《ジュニア》は、よろこびに満《み》ちた声《こえ》を上《あ》げると、カービィに飛《と》びついた。

「わわわ!?　何《なに》するの!?」

新《あら》たな攻撃《こうげき》だろうか。

カービィは用心《ようじん》し、突《つ》き放《はな》そうとした。

けれど、ポピーブラザーズＪｒ．《ジュニア》は満面《まんめん》の笑顔《えがお》。カービィにぎゅーっと抱《だ》きついて、ほおをすりよせてくる。

「カービィ、カービィ！　なんて、かわいいの！　大好《だいす》き、カービィ！」

「……え？」

突然《とつぜん》の変化《へんか》に、カービィはぼうぜん。

ワドルディが、あぜんとして言《い》った。

「ど、どういうこと……？　ポピーブラザーズＪｒ《ジュニア》．の表情《ひょうじょう》が、元《もと》に戻《もど》ってるよ。ううん、いつもよりも、もっと目《め》がキラキラして、明《あか》るくなってる……」

「な、なんで⁉」

カービィは、ぽかーんと口《くち》を開《あ》けた。

ポピーブラザーズＪｒ《ジュニア》．は、ようやくカービィからはなれて言《い》った。

「ああ、カービィ！　強《つよ》くて、かわいいカービィ！　ぼく、カービィが大好《だいす》き！」

「え……えっと……え……あ、ありがとう……」

「ぼく、ずーっとカービィのそばにいたい。カービィ、お願《ねが》い、ぼくを連《つ》れてって！」

ポピーブラザーズＪｒ《ジュニア》．の目《め》は、キラキラを通《とお》りこして、ウルウルとうるんでいた。恋《こい》するひとみだ。

ワドルディは、たらっと汗《あせ》を流《なが》して言《い》った。

「ど……どうしちゃったんだろう？　さっきまで、怖《こわ》い顔《かお》で爆弾《ばくだん》をぶつけてきたのに」

「うーん……よくわからないけど……」

カービィは、笑顔《えがお》になった。

「仲《なか》なおりできて、よかった！　ぼくもポピーブラザーズJr《ジュニア》.のこと好《す》きだよ。ぼくら、友《とも》だちだよね！」

「うん！　うん！　友《とも》だちだよ、カービィ！」

「いっしょに行《い》こう！」

「うん、行《い》こう！」

カービィとポピーブラザーズJr《ジュニア》.は、仲《なか》よく手《て》をつないで走《はし》り出《だ》した。

後《あと》に残《のこ》されたワドルディは、考《かんが》えこんでしまった。

「どうしたっていうんだろう。様子《ようす》がおかしいよ……ひょっとすると、カービィがぶつけたピンク色《いろ》のハートのせい……？」

あのハートは、何《なん》だったのだろう。これも、やはり、デデデ城《じょう》を襲《おそ》った異変《いへん》と関係《かんけい》があるのだろうか？

「と、とにかく、大王様《だいおうさま》のもとに急《いそ》がなくちゃ！」

ワドルディは気《き》を取《と》り直《なお》し、カービィたちの後《あと》を追《お》った。

デデデ城《じょう》への道《みち》をかけ上《あ》がるカービィたちの前《まえ》に、また新《あら》たな影《かげ》が立《た》ちふさがった。

「……フッフッフ……」

さっきのポピーブラザーズＪｒ《ジュニア》・と同《おな》じ、不気味《ぶきみ》な笑《わら》いを浮《う》かべてあらわれたのは——。

「チリー？」

カービィたちは、足《あし》を止《と》めた。

チリーも、プププランドの住民《じゅうみん》だ。雪《ゆき》だるまのような姿《すがた》に、氷《こおり》のぼうしをかぶり、いつも冷《つめ》たい息《いき》をはき出《だ》している。

からだは冷《つめ》たいが、こころは意外《いがい》に熱《あつ》いお調子者《ちょうしもの》。カービィにも、よく、いたずらをしかけてくる。

「そこをどいてよ、チリー。ぼくら、デデデ城《じょう》に行《い》かなくちゃ……わっ!?」

カービィは、あわてて飛《と》びのいた。

チリーが、いきなり「**こちこちといき**」を放《はな》ってきたのだ。

これをあびたら、コチコチにこおらされてしまう。

「何《なに》するんだ、チリー。いきなり……！」

「気《き》をつけて、カービィ！」

ワドルディが叫《さけ》んだ。

「目《め》つきがヘンだよ。チリーも、何《なに》かにあやつられているんだ！」

「カービィ、ここは、ぼくにまかせて！」

ポピーブラザーズJr《ジュニア》．が、爆弾《ばくだん》をかかげて飛《と》び出《だ》した。

チリーに向《む》かって投《な》げつけようとするのを、カービィは止《と》めた。

「待《ま》って、ポピーブラザーズJr《ジュニア》．。ひょっとすると……」

さっきと同《おな》じように、ピンク色《いろ》のハートをぶつけてみたら、チリーも正気《しょうき》に戻《もど》るかもしれない。

カービィはそう考《かんが》え、両手《りょうて》をかかげてみた。

「出《で》てこい、ピンクのハート！」

たちまち、カービィの手《て》からピンク色《いろ》の光《ひかり》が放《はな》たれた。光《ひかり》は、みるみるうちに、ハートの形《かたち》になった。

「よーし、これを……！」

カービィは、うつろな笑《わら》いを浮《う》かべているチリーに、ピンクのハートを投《な》げつけた。

ハートがぶつかった瞬間《しゅんかん》、チリーは動《うご》きを止《と》めた。

思《おも》ったとおり。たちまち、チリーの目《め》は熱《あつ》いかがやきを帯《お》びた。

「カービィ！　カービィ！　わーい、カービィだぁ！」

チリーは目《め》をうるませて叫《さけ》び、カービィに飛《と》びついた。

「わあっ。つめたいよー！」

氷《こおり》のようなチリーにぎゅっと抱《だ》きしめられて、カービィはふるえ上《あ》がってしまったが、チリーは手《て》をゆるめない。それどころか、ますます力《ちから》をこめて、カービィに顔《かお》をすりよせてくる。

「ああ、なんてかわいいんだろう。カービィ、大好《だいす》き！」

「ぼ、ぼくもチリーが好《す》きだよ。ぼくたち、友《とも》だちだね」

「うん！　友《とも》だち、友《とも》だち！　ぼくも、いっしょに連《つ》れてってよ、カービィ」

「いいよ、行《い》こう！」

カービィとチリー、そしてポピーブラザーズJr《ジュニア》・は、手《て》を取《と》り合《あ》って、ニッコリと顔《かお》を見合《みあ》わせた。

ワドルディだけが、むずかしい顔《かお》で考《かんが》えこんでしまった。

「うーん、ふしぎだな。あのピンクのハートは、何《なん》なんだろう？　あれをぶつけると、みんな、カービィのことが大好《だいす》きになっちゃうんだ……いったい、どうして……？」

「何《なに》してるの、ワドルディ。ワドルディも、さあ！」

カービィに言《い》われて、ワドルディもみんなと手《て》をつないだ。

四人《にん》で手《て》を取《と》り合《あ》うと、こころがぽかぽか、あたたかくなってくる。からだの芯《しん》から、力《ちから》がわいてくるようだ。

「ぼくらは、友《とも》だち！」

「いっしょに行《い》こう！」

四人《にん》はうなずき、カービィを先頭《せんとう》にして、デデデ城《じょう》めがけて走《はし》り出《だ》した。

2 デデデ城《じょう》の大《だい》決《けっ》戦《せん》！

デデデ城《じょう》の中《なか》は、おおぜいのワドルディでごった返《がえ》していた。

みんな、食《た》べ物《もの》を運《はこ》ぶのに大《おお》いそがし。奥《おく》の広間《ひろま》から、デデデ大王《だいおう》のどなり声《ごえ》が聞《き》こえてくる。

「もっと、もっとだ！　まだまだ、ぜんぜん足《た》りんぞ！　プププランドじゅうの食《く》い物《もの》をかき集《あつ》めろ！」

「は、はい、大王様《だいおうさま》！」

ワドルディたちは大声《おおごえ》で答《こた》え、あたふたと走《はし》り回《まわ》っている。

カービィたちは廊下《ろうか》を走《はし》り抜《ぬ》け、広間《ひろま》に向《む》かった。

そこでカービィたちが見《み》たのは、目《め》をうたがうような光景《こうけい》だった。

壁《かべ》ぎわに、山《やま》のような食《た》べ物《もの》が積《つ》み上《あ》げられている。ステーキ、フルーツ、ケーキ……それを、デデデ大王《だいおう》はわしづかみにし、片《かた》っぱしから口《くち》に運《はこ》んでいるのだった。しかも、食《た》べ物《もの》の大半《たいはん》は、くさりかけてイヤなにおいを放《はな》っていた。なのに、大王《だいおう》は少《すこ》しも気《き》にせず、くさりかけの食《た》べ物《もの》にかじりついている。

あまりにも、異常《いじょう》なことだった。

バンダナワドルディは、顔色《かおいろ》を変《か》えてつぶやいた。

「ど、どうして？　食《た》べ物《もの》を運《はこ》び始《はじ》めてから、まだ半日《はんにち》しかたってないのに……こんなに、くさってしまうなんて！」

ポピーブラザーズJr《ジュニア》.が言《い》った。

「大王《だいおう》のせいだよ。見《み》て、大王《だいおう》のからだから、イヤな空気《くうき》が流《なが》れ出《だ》してる。そのせいで、食《た》べ物《もの》がいたんでいるんだ」

彼《かれ》の言《い》うとおりだった。

デデデ大王《だいおう》のまわりに、どんよりとした邪悪《じゃあく》な気《き》がたちこめている。その気《き》にふれると、肉《にく》もフルーツもみずみずしさを失《うしな》い、みるみるうちにいたんでしまうのだ。

そのとき、気配《けはい》に気《き》づいたデデデ大王《だいおう》が振《ふ》り返《かえ》った。

カービィたちは、びくっとした。

大王《だいおう》の表情《ひょうじょう》は、ふつうではなかった。カッと見《み》ひらかれた目《め》は、まがまがしいむらさき色《いろ》にそまっていた。

大王《だいおう》は、ふきげんそうに顔《かお》をしかめ、ガウンのそでで口《くち》をぬぐった。

「なんだ、きさまらァ……さては、オレ様《さま》の食《た》べ物《もの》をうばいに来《き》たな……」

「デデデ大王《だいおう》……！」

カービィは話《はなし》をしようとしたが、大王《だいおう》は耳《みみ》を貸《か》さなかった。

いきなり愛用《あいよう》のハンマーをひっつかみ、大声《おおごえ》を上《あ》げた。

「**ガアアアアーーッ！**」

ハンマーを振《ふ》り回《まわ》しながら、突進《とっしん》してくる。

とても、話《はな》し合《あ》えるような状態《じょうたい》ではない。カービィは叫《さけ》んだ。

「行《い》くよ、みんな！」

「うん！」

ポピーブラザーズJr.《ジュニア》もチリーも身《み》がまえた。

「食《く》らえー！」

ポピーブラザーズJr.《ジュニア》は爆弾《ばくだん》を投《な》げつけた。

しかし、デデデ大王《だいおう》はハンマーをひと振《ふ》り。爆弾《ばくだん》をはじき返《かえ》した。

はじかれた爆弾《ばくだん》は、壁《かべ》に激突《げきとつ》して爆発《ばくはつ》。城《しろ》の天井《てんじょう》がミシミシと音《おと》を立《た》てたが、デデデ大《だい》王《おう》は気《き》にした様子《ようす》もない。

「ガアアアアアアアアア――ッ！」

またもや、言葉《ことば》にならないわめき声《ごえ》を上《あ》げて、カービィたちに向《む》かってくる。

「わあっ！　わ、わ、わぁ！」

カービィは、ハンマーの一撃《いちげき》をかわすのがせいいっぱいだ。

大王《だいおう》は、カービィをたたきつぶそうと、ハンマーを振《ふ》り上《あ》げる。

ワドルディは、必死《ひっし》に両手《りょうて》を広《ひろ》げ、大王《だいおう》の前《まえ》に走《はし》り出《で》た。

「だ、大王様《だいおうさま》ぁ！　やめてください！」

「ガァア――ッ！」

デデデ大王《だいおう》はハンマーを振《ふ》り回《まわ》し、床《ゆか》に打《う》ちつけた。

すさまじいパワーだった。

メリメリ……と音《おと》を立《た》てて、床《ゆか》が割《わ》れた。

「ひゃあぁ！」

カービィたちは、まっさかさま。下《した》の階《かい》に転落《てんらく》してしまった。

「い、いてて……」

起《お》き上《あ》がったカービィたちの目《め》の前《まえ》に、デデデ大王《だいおう》が飛《と》び下《お》りてくる。

「ガアアアアアア――ッ！」

吠《ほ》え声《ごえ》とともに、フルスイング！　カービィたちは、頭《あたま》をかかえて逃《に》げ回《まわ》った。

「ど、どうしよう……！　これじゃ、かなわないよ！」

「カービィ、ぼくを吸《す》いこんで！」

ポピーブラザーズＪｒ《ジュニア》．が叫《さけ》んだ。

「え……？」

「そうすれば、ボムのコピー能力《のうりょく》を使《つか》えるでしょ。さあ、早《はや》く！」

カービィのコピー能力《のうりょく》は、コピー元《もと》のパワーをはるかに上回《うわまわ》る。つまり、カービィが「ボム」をコピーすれば、ポピーブラザーズＪｒ《ジュニア》．よりもずっと強力《きょうりょく》な爆弾《ばくだん》を使《つか》うことができるようになるのだ。

「ありがとう、ポピーブラザーズＪｒ《ジュニア》．！」

カービィは大《おお》きく口《くち》を開《ひら》き、ポピーブラザーズＪｒ《ジュニア》．を吸《す》いこんだ。

とたんに、カービィの姿《すがた》が変化《へんか》した。

頭《あたま》の上《うえ》に、ポピーブラザーズＪｒ《ジュニア》．と同《おな》じような、とんがりぼうし。手《て》には、ずっしりと重《おも》みのある爆弾《ばくだん》。

破壊力《はかいりょく》ばつぐんの爆弾《ばくだん》で戦《たたか》う、「ボム」のコピー能力《のうりょく》だ。

たちまち、カービィは勇気《ゆうき》りんりん。デデデ大王《だいおう》めがけて、爆弾《ばくだん》を放《ほう》り投《な》げた。

「やぁー！」

爆弾《ばくだん》はデデデ大王《だいおう》に当《あ》たり、大爆発《だいばくはつ》……！

大王《だいおう》はふっ飛《と》ばされ、ドォッと音《おと》を立《た》てて、あおむけに倒《たお》れた。

「やったぁ！」

カービィは、よろこんで飛《と》び上《あ》がった。

バンダナワドルディが、心配《しんぱい》してかけよった。

「大王様《だいおうさま》！　だいじょうぶですか！　すぐに、手当《てあ》てを……！」

けれど、デデデ大王《だいおう》はなにごともなかったように、むっくりと起《お》き上《あ》がった。

「**ガァアアアアアアア――ッ！**」

ひときわ凶暴《きょうぼう》な吠《ほ》え声《ごえ》を上《あ》げる――と同時《どうじ》に。

大王《だいおう》がまとっていたガウンが、ビリビリと音《おと》を立《た》ててさけた。

チリーが、あせって叫《さけ》んだ。

「デ、デデデ大王《だいおう》のからだが……ふくらんでいくよ……！」

大王《だいおう》の腕《うで》、肩《かた》、胸《むね》……全身《ぜんしん》が、むきむきの筋肉《きんにく》におおわれていく。

そのために、ガウンのそでは破《やぶ》れ、胸元《むなもと》ははち切《き》れて、筋肉《きんにく》もりもりの腕《うで》や胸《むね》があらわになった。

「うわあ、きもち悪《わる》い！」

カービィは叫《さけ》んだ。

大王《だいおう》は、にくしみをたたえた目《め》でカービィをにらみつけると、ハンマーを振《ふ》りかざして襲《おそ》いかかってきた。

筋肉《きんにく》もりもりになった大王《だいおう》のパワーは、い

つもの数倍《すうばい》。

すさまじい力《ちから》で、ハンマーを振《ふ》り回《まわ》す。

カービィは爆弾《ばくだん》を投《な》げつけたが、ヨロイのような筋肉《きんにく》におおわれたデデデ大王《だいおう》には、まったく通用《つうよう》しない。

大王《だいおう》は爆発《ばくはつ》をものともせず、ハンマーを打《う》ち下《お》ろした。

「わわわー！」

カービィ、危機《きき》いっぱつ！

ぎりぎりのところで、一撃《いちげき》をかわした。

だが、大王《だいおう》はすばやくハンマーをかまえ直《なお》し、次《つぎ》の攻撃《こうげき》を狙《ねら》っている。

「カービィ！」

チリーは叫《さけ》び、カービィを助《たす》けようと、夢中《むちゅう》で飛《と》び出《だ》した。

「食《く》らえ、**こちこちといきーーー！**」

チリーは、力《ちから》いっぱい、こごえる息《いき》をはき出《だ》した――だが、その瞬間《しゅんかん》！

カービィも、いきおいよくデデデ大王《だいおう》に飛《と》びかかっていた。

誤爆《ごばく》だ。チリーの必殺《ひっさつ》わざ「こちこちといき」は、大王《だいおう》ではなくカービィにヒット！

「わあ！　カービィが……！」

ワドルディは悲鳴《ひめい》を上《あ》げた。

いくらカービィでも、「こちこちといき」をあびては、ひとたまりもない。カチンコチンに凍《こお》らされ、戦《たたか》うことができなくなってしまう。

けれど、思《おも》いがけないことが起《お》きた。

カービィの姿《すがた》が、変化《へんか》したのだ。

頭《あたま》にかぶったとんがりぼうしが、冷《つめ》たい氷《こおり》のかがやきを放《はな》った。

手《て》に持《も》っている爆弾《ばくだん》も、すき通《とお》った氷《こおり》の爆弾《ばくだん》に変《か》わる。

カービィは、びっくりした。

「あれ？　どうしたんだろう。爆弾《ばくだん》が、氷《こおり》になっちゃった……？」

とまどっている間《あいだ》にも、デデデ大王《だいおう》はハンマーを振《ふ》り回《まわ》して、襲《おそ》いかかってくる。

「わあ！」

カービィは、手《て》にした氷爆弾《こおりばくだん》を投《な》げつけた。

氷《こおり》の力《ちから》を帯《お》びた爆弾《ばくだん》——**ブリザボム**が大爆発《だいばくはつ》！

その威力《いりょく》は、通常《つうじょう》のボムをはるかに上《うわ》回《まわ》っていた。

さすがの筋肉《きんにく》もりもり大王《だいおう》も、この爆《ばく》弾《だん》にはかなわない。爆弾《ばくだん》が放《はな》った冷気《れいき》をあびて、凍《こお》りついたように動《うご》かなくなった。

身《み》ぶるいをして冷気《れいき》を振《ふ》り払《はら》い、攻撃《こうげき》を続《つづ》けようとするが——。

「ガ……ガァ……ァ……！」

吠《ほ》える声《こえ》にも、力《ちから》がない。

ワドルディが叫《さけ》んだ。

「あ、そうか！　ボムのコピー能力《のうりょく》に、アイスの力《ちから》が加《くわ》わって、爆弾《ばくだん》の攻撃力《こうげきりょく》が上《あ》がったんだ。がんばって、カービィ！」

「うん！」

カービィはうなずき、次々《つぎつぎ》に爆弾《ばくだん》を放《ほう》り投《な》げた。

「えい！　えい！　食《く》らえ――！」

氷《こおり》の爆弾《ばくだん》が次々《つぎつぎ》に命中《めいちゅう》する。さすがのデデデ大王《だいおう》も体力《たいりょく》をけずり取《と》られ、動《うご》きをにぶらせた。

これを見《み》たチリーは、元気《げんき》を取《と》り戻《もど》した。

「行《い》くぞ、**こちこちといき！　こちこちブリザード！**」

よろけるデデデ大王《だいおう》に、次々《つぎつぎ》に攻撃《こうげき》をヒットさせていく。

カービィとチリーの全力攻撃《ぜんりょくこうげき》を食《く》らってはたまらない。

デデデ大王《だいおう》はハンマーを取《と》り落《お》としてひっくり返《かえ》り、動《うご》かなくなった。

かけよろうとしたワドルディは、ハッとして足《あし》を止《と》めた。

大王《だいおう》のからだから、奇妙《きみょう》な物体《ぶったい》が転《ころ》がり出《で》てきたのだ。

「むらさき色《いろ》のハート……！」

ワドルディは、ぼうぜんとした。

デデデ城《じょう》に降《ふ》りそそぎ、デデデ大王《だいおう》に取《と》りついてしまった、まがまがしいハート形《がた》のかけら。

それは、宙《ちゅう》に浮《う》き上《あ》がったかと思《おも》うと、あっというまに窓《まど》の外《そと》へ飛《と》び去《さ》ってしまった。

「い、今《いま》のは……」

ワドルディはハートのゆくえを追《お》おうとしたが、それより大王《だいおう》のほうが大事《だいじ》だと気《き》づいて、振《ふ》り返《かえ》った。

大王《だいおう》のからだに、変化《へんか》が起《お》きていた。

不気味《ぶきみ》なほど盛《も》り上《あ》がっていた筋肉《きんにく》がシュルシュルとしぼみ、いつもの姿《すがた》に戻《もど》っていく。

ワドルディはホッとして、大王《だいおう》のからだをゆさぶった。

「大王様《だいおうさま》……大王様《だいおうさま》、しっかりしてください」

大王《だいおう》は「う……うう……」とうめき声《ごえ》をもらし、顔《かお》を上《あ》げた。

目《め》に宿《やど》っていた邪悪《じゃあく》な光《ひかり》は消《き》え、いつもの大王《だいおう》に戻《もど》っている。

「うう……オレ様《さま》は、何《なに》を……？」

大王《だいおう》はヨロヨロと立《た》ち上《あ》がり、ボロボロに破《やぶ》けたガウンに気《き》づいて、ぎょっとした。

「なんだ、これは！　どうして、オレ様《さま》のすてきなガウンがこんなことに……！」

続《つづ》いて、大王《だいおう》は部屋《へや》を見回《みまわ》し、ヒビだらけの床《ゆか》や壁《かべ》や柱《はしら》を見《み》て叫《さけ》んだ。

「うわっ、ひどい！　だれが、オレ様《さま》のすてきな城《しろ》にこんなふざけたマネを――！」

「デデデ大王《だいおう》！　よかった、もとに戻《もど》ったんだね！」

カービィはデデデ大王《だいおう》に飛《と》びつこうとしたが、たちまち、どなりつけられてしまった。

「おまえか、カービィ！　オレ様《さま》の服《ふく》も城《しろ》も、めちゃくちゃにしおって！　今日《きょう》という今日《きょう》は、許《ゆる》さんぞー！」

「ちがうってば。ひょっとして、覚《おぼ》えてないの？」

「何《なに》を……だ……！」

カービィにつかみかかろうとした大王《だいおう》だが、ふと青《あお》ざめて、両手《りょうて》でおなかをおさえた。

「う……？　うう……どうしたんだ……腹《はら》が……いた……いたたた！」

「大王様《だいおうさま》！」

ワドルディが、大王《だいおう》の顔《かお》をのぞきこんだ。

「いたんだ食《た》べ物《もの》を食《た》べたから、おなかがいたくなってしまったんですね……たいへん、すぐに手当《てあ》てをしないと」

「いたんだ食《た》べ物《もの》だと？　おまえ、オレ様《さま》にそんな物《もの》を食《く》わせたのか――！　食事係《しょくじがか》り失格《しっかく》だ――！」

「ち、ちがいます。大王様《だいおうさま》、くわしい話《はなし》は後《あと》でしますから、とにかく、おなかの薬《くすり》を」

たくさんいるワドルディたちが、薬《くすり》を運《はこ》んできたり、ベッドをととのえたり、かいがいしく働《はたら》いた。

おかげで、デデデ大王《だいおう》の腹痛《ふくつう》はひとまずおさまった――が。


「むらさき色《いろ》のハート、だと？」

ベッドに横《よこ》たわったデデデ大王《だいおう》は、ふとんをあごまで引《ひ》き上《あ》げて、ジロッとカービィを見《み》た。

「うん。デデデ大王《だいおう》がたおれたとき、転《ころ》がり出《で》てきて、どこかに飛《と》んでいっちゃったんだよ。覚《おぼ》えてない？」

「ううむ……むらさき色《いろ》の何《なに》かが城《しろ》に落《お》ちてきたのは覚《おぼ》えている。オレ様《さま》がのぞきこむと、急《きゅう》に光《ひか》り出《だ》して……」

デデデ大王《だいおう》は、顔《かお》をしかめて目《め》を閉《と》じた。

「そこから先《さき》のことは、覚《おぼ》えてないのだ」

「ふうん。くさった食《た》べ物《もの》をがつがつ食《た》べてたことも、筋肉《きんにく》もりもりになったことも、覚《おぼ》えてないの？」

「むぅ……！　オレ様《さま》が、そんなみっともない姿《すがた》を見《み》せたというのか……！」

デデデ大王《だいおう》はくやしそうに起《お》き上《あ》がろうとしたが、おなかが痛《いた》み出《だ》したので、また横《よこ》たわってしまった。

「う、う、いたたたた……くぅぅ……いまいましい！　何《なに》が起《お》きたというんだ！」

「何《なに》か、とても恐《おそ》ろしい物《もの》が、プププランドにせまっているんです」

ワドルディが不安《ふあん》そうに言《い》って、窓《まど》を開《あ》けた。

窓《まど》から見《み》えるのは、あくびが出《で》るほど平和《へいわ》なプププランドの空《そら》ではなかった。

むらさき色《いろ》の雲《くも》が、上空《じょうくう》に広《ひろ》がっている。そのために、プププランド全体《ぜんたい》が、暗《くら》い影《かげ》におおわれていた。

「なんだ、あの雲《くも》は……」

弱々《よわよわ》しくうめいたデデデ大王《だいおう》に、カービィが言《い》った。

「あいつのせいで、プププランドのみんながおかしくなってるんだよ。なんとかしなきゃ！」

「うむ……オレ様《さま》がやっつけてや……る……う、いたたたたぁ！」

デデデ大王《だいおう》はベッドの上《うえ》で転《ころ》げ回《まわ》った。

カービィが言《い》った。

「おなかが治《なお》るまで、休《やす》んでたほうがいいよ。あの雲《くも》の正体《しょうたい》は、ぼくらがつきとめる！」

「ぼくら……だと？」

「うん、ぼくと、チリーと、ポピーブラザーズJr《ジュニア》.と……あっ、いけない。もとに戻《もど》してあげなくちゃ」

カービィは思《おも》い出《だ》して、くるんと宙返《ちゅうがえ》り。

コピー能力《のうりょく》をはずして、ポピーブラザーズJr《ジュニア》.をもとの姿《すがた》に戻《もど》した。

転《ころ》がり出《で》てきたポピーブラザーズJr《ジュニア》.は、ベッドに横《よこ》たわっているデデデ大王《だいおう》を見《み》て、ホッと一息《ひといき》ついた。

「戦《たたか》いは終《お》わったんだね。よかった！」

「ポピーブラザーズＪｒ《ジュニア》・のおかげだよ。ボムのコピー能力《のうりょく》を使《つか》えるようになったから、デデデ大王《だいおう》と戦《たたか》うことができて……」

　カービィは、ふと思《おも》い出《だ》した。

「そういえば、チリーの『**こちこちといき**』をあびたら、氷《こおり》の爆弾《ばくだん》を使《つか》えるようになったんだよね。あれは、なんだったんだろうね。これまでは、あんなこと、なかったのに」

「そうだね。うーん……」

　ワドルディは考《かんが》えこみ、ふと、思《おも》いついたことを口《くち》にした。

「ひょっとして、あのピンクのハートのおかげじゃないかな？」

「え？　どういうこと？」

「あのピンクのハートには、ふしぎな力《ちから》が宿《やど》ってるよね。あれをぶつけると、みんな、カービィの友《とも》だちになっちゃう。つまり、あのハートには、友情《ゆうじょう》をめばえさせる力《ちから》があるんじゃないかと思《おも》うんだ」

「うん……」

「ボムのコピー能力《のうりょく》と、アイスのコピー能力《のうりょく》が、友情《ゆうじょう》パワーで合体《がったい》したんじゃないかな。そのおかげで、爆弾《ばくだん》がパワーアップしたんだよ」

「そうか！　すごいなあ。友《とも》だちの力《ちから》で、強《つよ》くなれるなんて」

カービィは、うれしくなった。

ワドルディも、ニッコリ。

「友情《ゆうじょう》の力《ちから》。つまり、**フレンズ能力《のうりょく》**ってわけだね」

「フレンズ能力《のうりょく》があれば、どんな敵《てき》にだって負《ま》けないぞ」

チリーが、首《くび》をかしげながら言《い》った。

「……よくわからないけど、ぼくらがカービィの友《とも》だちになったから、新《あたら》しい力《ちから》が生《う》まれたってこと？」

「だったら、うれしいな！」

ポピーブラザーズＪｒ《ジュニア》．は声《こえ》をはずませた。

「ぼくらの友情《ゆうじょう》パワーがあれば、むらさき色《いろ》の雲《くも》なんてカンタンに消《け》せるよ。早《はや》く行《い》こうよ、カービィ！」

「行《い》こう、プププランドを救《すく》うために！」

ポピーブラザーズＪｒ《ジュニア》．とチリーは、カービィの手《て》を引《ひ》っぱって、部屋《へや》を出《で》ていこうとした。

カービィは、ワドルディの足音《あしおと》が聞《き》こえないことに気《き》づいて、足《あし》を止《と》めた。

ワドルディは、デデデ大王《だいおう》のまくらもとに立《た》ちすくんだまま、もじもじしている。

「何《なに》してるの、ワドルディ。早《はや》く行《い》こうよ」

「ぼく……ぼくは……」

ワドルディは、ためらいながら答《こた》えた。

「武器《ぶき》もないし、戦《たたか》えないから。いっしょに行《い》っても、役《やく》に立《た》たないよ」

「え？」

カービィは、きょとんとした。

「じゃ、ワドルディは、おるすばんをしてるつもり？」

「う……うん……大王様《だいおうさま》のかんびょうをするよ」

「どうして！」

カービィはかけ戻《もど》り、ワドルディの正面《しょうめん》に立《た》った。

「友《とも》だちの力《ちから》が必要《ひつよう》なんだよ。ワドルディがきてくれなきゃ」

「ぼく……ついて行《い》っても、足手《あしで》まといになるだけだから……」

ワドルディは力《ちから》が弱《よわ》く、武器《ぶき》も使《つか》えず、ちょっぴりおくびょう。

自分《じぶん》でもわかっているので、戦《たたか》いのことになると、引《ひ》っこみじあんになってしまう。

「そんなぁ……」

カービィは、残念《ざんねん》そうな顔《かお》になった。

そのとき、デデデ大王《だいおう》が口《くち》を開《ひら》いた。

「かんびょうなら、足《た》りてるわい。おまえの他《ほか》にも、ワドルディがいっぱいいるからな」

「大王様《だいおうさま》……？」

「カービィだけに、いい格好《かっこう》をさせるわけにはいかんのだ。おまえは、デデデ城《じょう》の代表《だいひょう》として……いててて」

デデデ大王《だいおう》は、おなかをおさえ、顔《かお》をしかめながら続《つづ》けた。

「オレ様《さま》が回復《かいふく》するまでの間《あいだ》、オレ様《さま》のかわりに戦《たたか》ってこい！」

「えーっ……そんな……ムリです！」

「ムリとは言《い》わせん！　ほら、武器《ぶき》はあれだ」

デデデ大王《だいおう》は、壁《かべ》に立《た》てかけられたハンマーを指《ゆび》さした。

ワドルディは、おじけづいて首《くび》を振《ふ》った。

「ぜ、ぜったいムリです！　あんな重《おも》いハンマー、持《も》ち上《あ》げることすら……」

「それなら、だいじょーぶ！」

声《こえ》が上《あ》がった。

たくさんのワドルディたちだ。バンダナワドルディにそっくりな仲間《なかま》たちが、ぴょこぴょこと近《ちか》づいてきた。

「ハンマーよりも、もっと軽《かる》い武器《ぶき》があるから。バンダナワドルディ、これで戦《たたか》って！」

先頭《せんとう》のワドルディが差《さ》し出《だ》したのは――何《なん》のへんてつもない、カサだった。

「か……かさ……？」

バンダナワドルディは、目《め》をぱちくりさせた。

カサを持《も》ったワドルディが、得意《とくい》げに説明《せつめい》した。

「ただのカサじゃないよ。雨《あめ》をふせげるし、日差《ひざ》しもさえぎれる、すごいカサなんだ！」

「……それは、ただのカサじゃ……」

「ほら、見《み》て。ここに星《ほし》のかざりがついてるから、武器《ぶき》になるんだよ」

ワドルディは、カサをかまえて、先端《せんたん》についている星《ほし》を見《み》せた。

「うーん……かっこいいけど……武器《ぶき》になるかなあ……？」

「なるよ！　これを持《も》って、戦《たたか》って！」

バンダナワドルディは、押《お》しつけられたカサを受《う》け取《と》ってしまった。

ワドルディたちは、うれしそうにパチパチと拍手《はくしゅ》をした。

「ぼくらの代表《だいひょう》、バンダナワドルディ！」

「ワドルディがププランドを救《すく》うなんて！　ほこらしいなあ！」

「がんばって、バンダナワドルディ！」

バンダナワドルディは、困《こま》り果《は》ててしまった。

けれど、カービィがうれしそうに飛《と》び上《あ》がった。

「わぁい！　いっしょに行《い》こうよ、ワドルディ」

「で……でも……」

バンダナワドルディは、まだ、ためらっていた。

すると、デデデ大王《だいおう》がふきげんそうにどなった。

「やかましいわい。オレ様《さま》は重病人《じゅうびょうにん》なんだぞ！　まくらもとで、ゴチャゴチャさわぐな。とっとと行《い》ってこい！」

「は、はい！」

大王《だいおう》の命令《めいれい》には、さからえない。

バンダナワドルディはカサをせおい、頭《あたま》に巻《ま》いていたバンダナをはずした。

「え？　どうして、はずしちゃうの？」

ふしぎがるワドルディたちに、説明《せつめい》する。

「一人《ひとり》の時《とき》は、目《め》じるしのバンダナはいらないからね。それに、ぼくはもともと、みんなと同《おな》じ、ただのワドルディなんだ。ワドルディ隊《たい》の一人《ひとり》として、みんなの分《ぶん》まで、がんばるね」

これを聞《き》いて、ワドルディたちは拍手《はくしゅ》かっさい、大《おお》よろこび。

「さすがは、ぼくらのリーダー、バンダナワドルディ！」

「ううん、もう、バンダナワドルディとは呼《よ》べないよ」

「あ、そうか。カサをせおってるから、パラソルワドルディだね」

「パラソルワドルディ、ばんざーい！」

「パラソルワドルディ、がんばれー！　カービィたちも、がんばれー！」

大声援《だいせいえん》を受《う》けて、いよいよカービィたち一行《いっこう》はデデデ城《じょう》を出発《しゅっぱつ》した。

3 ポップスターの異変《いへん》

「むらさき色《いろ》の雲《くも》、ずいぶん高《たか》いところにあるねー」

カービィは空《そら》を見上《みあ》げて歩《ある》きながら、言《い》った。

「そうだね。ホバリングでは、とどかないね」

「何《なに》か、乗《の》り物《もの》が必要《ひつよう》かな」

わいわい話《はな》し合《あ》いながら歩《ある》いていくと。

突然《とつぜん》、草《くさ》むらから何《なに》かが飛《と》び出《だ》してきた。

ベレー帽《ぼう》をかぶった、ふしぎな女《おんな》の子《こ》だ。

カービィたちにとっては、初《はじ》めて見《み》る顔《かお》だった。プププランドの住民《じゅうみん》ではなさそうだ。

女《おんな》の子《こ》はカービィたちをにらみつけると、不気味《ぶきみ》な笑《わら》い声《ごえ》を上《あ》げた。

「フフ……フフフフ……アハハハ！」

絵《え》ふでのような形《かたち》をした髪《かみ》が、カービィたちのすきを狙《ねら》うように、左右《さゆう》にゆれている。

二つのひとみは、むらさき色《いろ》の不気味《ぶきみ》な光《ひかり》を帯《お》びていた。

カービィは、ハッとして叫《さけ》んだ。

「この目《め》……むらさき色《いろ》のハートにあやつられてるんだ！　気《き》をつけて、みんな！」

「フフフフ――！」

女《おんな》の子《こ》は、ぶんっと髪《かみ》をふった。

髪《かみ》の先《さき》から、絵《え》の具《ぐ》のようなしぶきが飛《と》び散《ち》った。

しぶきを浴《あ》びたのは、チリーだった。

「わっ！　何《なに》するんだ！」

チリーは、手《て》でさえぎろうとしたが、おそかった。

絵《え》の具《ぐ》を頭《あたま》からかぶってしまったチリーは、うめき声《ごえ》を上《あ》げてたおれた。

「うわっ……目《め》が……目《め》が見《み》えない！」

「だいじょーぶ!?」

カービィは、あわててチリーにかけよった。

ポピーブラザーズＪｒ《ジュニア》．が叫《さけ》んだ。

「キミ、見《み》かけない顔《かお》だね！　だれ!?」

しかし、女《おんな》の子《こ》は答《こた》えようとしない。質問《しつもん》が耳《みみ》に入《はい》ってすらいないようだ。

「フフフフフ――！」

ますます凶暴《きょうぼう》な笑《わら》い声《ごえ》を上《あ》げながら、次々《つぎつぎ》に絵《え》の具《ぐ》を飛《と》ばしてくる。

ワドルディは、とっさにカサを広《ひろ》げて絵《え》の具《ぐ》のしぶきをふせいだ。

「みんな、このパラソルのかげにかくれて！　絵《え》の具《ぐ》をあびないように！」

「うん！」

カービィは急《いそ》いでカサの中《なか》に入《はい》ったが、ポピーブラザーズＪｒ《ジュニア》．は、怒《おこ》って飛《と》び出《だ》していった。

「絵《え》の具《ぐ》なんかに負《ま》けないよ。この爆弾《ばくだん》を食《く》らえ！」

ポピーブラザーズＪｒ《ジュニア》．は爆弾《ばくだん》を投《な》げつけた。

女《おんな》の子《こ》は飛《と》びのいて爆発《ばくはつ》をかわし、ポピーブラザーズＪｒ《ジュニア》．をにらみつけた。

「フフ……フフフ……アハハァーッ！」

奇声《きせい》を上《あ》げてしゃがみこみ、足元《あしもと》の土《つち》をつかんだかと思《おも》うと――。

その土《つち》をこねくり回《まわ》して、たちまちのうちに、大《おお》きなツボを作《つく》り上《あ》げた。

「つ……つぼ？」

カサの内側《うちがわ》にかくれたカービィとワドルディは、目《め》をぱちくり。

女《おんな》の子《こ》はツボを持《も》ち上《あ》げると、ポピーブラザーズＪｒ《ジュニア》．に思《おも》いっきりたたきつけた。

すさまじいパワーだ。ツボは粉々《こなごな》にくだけた。

「うわあああっ」

思《おも》いもよらない一撃《いちげき》に、ポピーブラザーズＪｒ《ジュニア》．はひっくり返《かえ》った。

女《おんな》の子《こ》は、攻撃《こうげき》の手《て》をゆるめなかった。

「フフフ！　フフフフ！」

不気味《ぶきみ》な笑《わら》い声《ごえ》を上《あ》げながら、次々《つぎつぎ》に芸術作品《げいじゅつさくひん》を作《つく》り出《だ》していく。巨大《きょだい》な皿《さら》とか、自分《じぶん》そっくりの像《ぞう》とか、意味不明《いみふめい》な彫刻《ちょうこく》とか……。

「フフフ――――！」

できあがった芸術作品《げいじゅつさくひん》を片《かた》っぱしからポピーブラザーズＪｒ．《ジュニア》に投《な》げつける！

ポピーブラザーズＪｒ．《ジュニア》は、目《め》を回《まわ》して気絶《きぜつ》してしまった。

「何《なに》をするんだ――――！」

カービィは叫《さけ》んで、パラソルから飛《と》び出《だ》そうとした。

ワドルディが止《と》めた。

「待《ま》って、カービィ！　あの子《こ》、めちゃくちゃ強《つよ》いよ！」

「でも、なんとかしなくちゃ。ぼく、ポピーブラザーズＪｒ．《ジュニア》を吸《す》いこんで戦《たたか》うよ！」

「それより、もっといい方法《ほうほう》があるよ。カービィ、あのピンクのハートを出《だ》して！」

「ハート……？　あ、そうか！」

あの女《おんな》の子《こ》は、おそらく、むらさき色《いろ》のハートにあやつられているだけ。

ならば、戦《たたか》うよりも、もっといい方法《ほうほう》がある。

そう気《き》づいて、カービィは急《いそ》いで両手《りょうて》をかざした。

「出《で》てこい、**ピンクのハート！**」

念《ねん》じると、たちまちカービィの両手《りょうて》の間《あいだ》に、ピンクのハートが出現《しゅつげん》した。

カービィは、不気味《ぶきみ》な笑《わら》い声《ごえ》を上《あ》げている女《おんな》の子《こ》めがけて、ハートを投《な》げつけた。

ハートがぶつかった瞬間《しゅんかん》、女《おんな》の子《こ》の表情《ひょうじょう》が変《か》わった。

「あ……あれ？　ワタシったら、今《いま》、何《なに》を……？」

女《おんな》の子《こ》は、首《くび》をかしげた。うねっていた髪《かみ》が、おとなしくたれ下《さ》がった。

ワドルディはパラソルをたたみ、ホッと息《いき》をついた。

カービィが、女《おんな》の子《こ》に話《はな》しかけた。

「よかった、ピンクのハートがきいたんだね。こんにちは、ぼく、カービ……」

「……ん!?　なぁに、あなた!?」

女《おんな》の子《こ》はカービィに気《き》づくと、ものすごいいきおいで近《ちか》づいてきた。

カービィはおどろいて逃《に》げようとしたが、女《おんな》の子《こ》につかまえられてしまった。

女《おんな》の子《こ》は目《め》をうるませ、声《こえ》をふるわせて叫《さけ》んだ。

「な、な、なんて芸術的《げいじゅってき》！　なんて感動的《かんどうてき》！　なんてかわいらしい、ピンクの天使《てんし》ちゃんなの！　信《しん》じられない、こんなかわいい生《い》き物《もの》がいるなんて！」

「あ、あ、あの」

カービィは、ぎゅっと抱《だ》きしめられて、じたばたしながら言《い》った。

「ぼく、カービィっていうんだよ。あの、キミは……」

「カービィ？　きゃあ、なんていい名前《なまえ》なの！　あなたにピッタリね！　あ、ワタシはビッティアよ。はじめまして」

「ビビッティアさん……」

ワドルディが言《い》った。

「プププランドの住民《じゅうみん》じゃないですよね？　あの、どこから……？」

「プププランド？　え？　ここ、プププランドなの？」

ビビッティアと名乗《なの》った女《おんな》の子《こ》は、ようやくカービィをはなし、くるっと一回転《かいてん》して言《い》った。

「その地名《ちめい》は聞《き》いたことがあったけど、きたのは初《はじ》めてよ。ふーん、のどかなところね」

「えーと、ビビッティアさんは、どこから……」

「……あ……」

ビビッティアは、何《なに》かを思《おも》い出《だ》したようだ。急《きゅう》に、しょんぼりした様子《ようす》になった。

「ワタシ……逃《に》げてきたの」

「逃《に》げて？」

「うん……話《はなし》を聞《き》いてくれる？」

チリーがようやく起《お》き上《あ》がった。ポピーブラザーズＪｒ．《ジュニア》は、まだ気絶《きぜつ》したままだ。

ビビッティアは、涙《なみだ》ぐみながら、話《はな》し始《はじ》めた。


――ワタシの家《いえ》は、ここから遠《とお》くはなれた地方《ちほう》の、静《しず》かな森《もり》の中《なか》にあるの。平和《へいわ》で、いいところよ。ワタシ、絵《え》が大好《だいす》きで、一流《いちりゅう》アート学園《がくえん》に入学《にゅうがく》するために勉強《べんきょう》してたの。まわりのお友《とも》だちも、いい子《こ》ばかり。みんな仲良《なかよ》しで、シアワセだったのよ。

ところが……。

恐《おそ》ろしいことが起《お》きたの。

ワタシ、いつも家《いえ》に閉《と》じこもって絵《え》を描《か》いてるんだけど、夕方《ゆうがた》には散歩《さんぽ》に行《い》くことにしているの。息《いき》ぬきのためにね。

いつもなら、出会《であ》ったお友《とも》だちとおしゃべりしたり、ベンチに座《すわ》ってお茶《ちゃ》をのんだりして、楽《たの》しくすごすのよ。

でも、突然《とつぜん》、お友《とも》だちが襲《おそ》いかかってきたの！

みんな、不気味《ぶきみ》な、むらさき色《いろ》の目《め》をして、不気味《ぶきみ》な笑《わら》い声《ごえ》を上《あ》げて、ワタシに攻撃《こうげき》をしかけてきたのよ。理由《りゆう》を聞《き》こうとしても、ムダだった。話《はなし》なんか、通《つう》じやしない。

ワタシ、わけがわからないまま、逃《に》げるしかなかった。とにかく逃《に》げて、逃《に》げて……安《あん》全《ぜん》な場所《ばしょ》に行《い》こうと思《おも》って……。

でも、空《そら》からむらさき色《いろ》のハートが降《ふ》りかかってきたの。

ワタシ、悲鳴《ひめい》を上《あ》げたけど、逃《に》げきれなかった。

……そこで、記憶《きおく》がとぎれているわ。

気《き》がついたら、ここにいたってわけ。

話《はなし》を聞《き》き終《お》えて、ワドルディが言《い》った。

「やっぱり、むらさき色《いろ》のハートが、みんなをおかしくしてるんだね……」

チリーが言《い》った。

「ハートの影響《えいきょう》は、プププランドだけじゃないんだな」

「そうだね。ビビッティアさんが住《す》んでた地方《ちほう》も、やられちゃったんだ」

「ビビッティアでいいわ」

そう言《い》って、ビビッティアは絵《え》ふでのような髪《かみ》をぶんっと振《ふ》り、顔《かお》を上《あ》げた。

「むらさき色《いろ》のハートは、ポップスターじゅうに降《ふ》りそそいでるみたいなの。早《はや》く手《て》を打《う》たないと、たいへんなことになっちゃう」

「──行《い》こう」

カービィは、上空《じょうくう》をおおっているむらさき色《いろ》の雲《くも》を見上《みあ》げた。

ワドルディが言《い》った。

「どうやって？　あんなに高《たか》いところにあるんだ。高《たか》く飛《と》べる乗《の》り物《もの》が必要《ひつよう》だよ……」

「ワープスターなら、とどくよ」

カービィは、強《つよ》い決意《けつい》をこめて言《い》った。

ワープスターは、カービィの呼《よ》びかけに応《おう》じてあらわれる、小《ちい》さな黄色《きいろ》い星《ほし》だ。ふだんはどこかで眠《ねむ》っているけれど、カービィが呼《よ》べばたちまちやって来《き》て、カービィをどこへでも運《はこ》んでくれる。

カービィがワープスターに乗《の》りこむのは、よほどの危機《きき》がせまった時《とき》だけ。

今《いま》は、まさにその時《とき》だ。

けれど、ビビッティアが言《い》った。

「待《ま》って。カービィ、むらさき色《いろ》の雲《くも》に突撃《とつげき》するつもりなの？」

「うん……」

「その前《まえ》に、よく調《しら》べたほうがいいわ。あれの正体《しょうたい》が何《なん》なのか、まるで手《て》がかりがないんだもの。それに……」

ビビッティアは、思《おも》いつめた顔《かお》で言《い》った。

「できれば、雲《くも》にいどむ前《まえ》に、ワタシのお友《とも》だちを助《たす》けてほしいの。ワタシを助《たす》けてくれたみたいに。お友《とも》だちの他《ほか》にも、むらさき色《いろ》のハートにあやつられてる子《こ》がいっぱいいる。

みんなを、もとに戻《もど》してあげてほしいの」

カービィは、ビビッティアを見《み》た。

ビビッティアのまなざしは、真剣《しんけん》だった。

カービィは、うなずいた。

「――うん、わかった。みんなを助《たす》けよう！」

ワドルディが言《い》った。

「ワープスターに乗《の》って、ポップスターのいろんな地方《ちほう》を調《しら》べてみようよ。えっと……」

ワドルディは振《ふ》り返《かえ》った。

視線《しせん》の先《さき》には、地面《じめん》にひっくり返《かえ》ったままのポピーブラザーズＪｒ《ジュニア》．。

ワドルディは、ポピーブラザーズＪｒ《ジュニア》．をゆさぶってみた。

「しっかりして、ポピーブラザーズＪｒ《ジュニア》．。しっかり……」

チリーもポピーブラザーズＪｒ《ジュニア》．をのぞきこみ、むずかしい顔《かお》をした。

「うーん、ダメだ、これは。完全《かんぜん》にのびちゃってるぞ」

「ごめんね。ワタシのせいで」

ビビッティアはあやまり、ポピーブラザーズJr《ジュニア》．の顔《かお》をなでて言《い》った。

「あの……よかったら、ワタシがかわりに行《い》くよ」

「え？」

「この子《こ》のかわりに、ワタシが戦《たたか》う。ワタシ、絵《え》ふでより重《おも》い物《もの》を持《も》ったことがない、か弱《よわ》いおとめだけど……」

遠慮《えんりょ》がちに言《い》ったビビッティアに、チリーが息《いき》を荒《あら》くして叫《さけ》んだ。

「そんなことない。キミ、めちゃくちゃ強《つよ》いよ！」

「そ、そうかな。少《すこ》しでも、役《やく》に立《た》てるかな……？」

「少《すこ》しどころじゃない。キミがきてくれれば、百人力《ひゃくにんりき》だ！」

その大声《おおごえ》が聞《き》こえたのか、ポピーブラザーズJr《ジュニア》．がうっすらと目《め》を開《あ》けた。

「あ、ポピーブラザーズJr《ジュニア》．！」

みんなが、顔《かお》をのぞきこむ。

ポピーブラザーズJr《ジュニア》．は、弱々《よわよわ》しく言《い》った。

「……行《い》くの？　カービィ」

「うん。ポップスターのみんなを、助《たす》けるんだ」

「ぼくも、行《い》きたかったけど……」

ポピーブラザーズＪｒ《ジュニア》．は起《お》き上《あ》がり、顔《かお》をしかめた。

「全身《ぜんしん》が痛《いた》いや。爆弾《ばくだん》を投《な》げることもできないよ」

「ごめんね……」

ビビッティアがあやまった。ポピーブラザーズＪｒ《ジュニア》．は言《い》った。

「キミ、友《とも》だちになったんだね。よかった。ぼくのかわりに、戦《たたか》ってくれるんだね」

「うん！　ワタシ、がんばるの」

「ケガをしないでね」

ビビッティアとポピーブラザーズＪｒ《ジュニア》．は手《て》をにぎり、仲《なか》なおりをした。

カービィは、空《そら》に向《む》かって叫《さけ》んだ。

「**ワープスター！**」

カービィの澄《す》んだ声《こえ》は、大空《おおぞら》いっぱいに広《ひろ》がっていった。

すると――。

「きた！」

空高《そらたか》く、小《ちい》さな物体《ぶったい》があらわれたかと思《おも》うと、それはぐんぐん近《ちか》づいてきて、カービィたちの目《め》の前《まえ》に着陸《ちゃくりく》した。

キラキラと美《うつく》しい光《ひかり》を放《はな》つ、特別《とくべつ》な星《ほし》。ワープスターだ。

カービィはぴょんとワープスターに飛《と》び乗《の》り、とがった先端《せんたん》にしっかりつかまった。

「みんなも乗《の》って！」

「うん！」

まず、ワドルディがカービィの後《うし》ろに乗《の》った。続《つづ》いてチリーと、おっかなびっくりのビビッティアも。

「行《い》ってくるよ！」

カービィたちは、ポピーブラザーズＪｒ《ジュニア》．に手《て》を振《ふ》った。

「気《き》をつけて、みんな！」

ポピーブラザーズＪｒ《ジュニア》．は大声《おおごえ》で叫《さけ》んだ。

ワープスターは宙《ちゅう》に浮《う》き上《あ》がると、ぐんと加《か》速《そく》し、またたくまに見《み》えなくなってしまった。

4 みんなのこころを取《と》り戻《もど》せ！

カービィたちが住《す》むプププランドは、ポップスターのかたすみ、地図《ちず》にものっていないどこかにある。

ポップスターは、「奇跡《きせき》の星《ほし》」と呼《よ》ばれるくらい、ゆたかな自然《しぜん》に恵《めぐ》まれた星《ほし》。とびぬけて平和《へいわ》なプププランドの他《ほか》にも、森林《しんりん》や湖水《こすい》や平原《へいげん》など、美《うつく》しい景色《けしき》が広《ひろ》がっている。

カービィたちを乗《の》せたワープスターは、ポップスターの上空《じょうくう》をぐんぐん飛《と》んでいった。

ビビッティアが、下界《げかい》を見下《みお》ろして言《い》った。

「あそこに、大《おお》きな森《もり》が見《み》えるでしょ。あれが、ワタシの住《す》んでるところ」

「下《お》りてみよう！」

カービィの声《こえ》にこたえて、ワープスターは高度《こうど》を下《さ》げていった。

着地《ちゃくち》したのは、木《き》がまばらに生《は》えた、静《しず》かな森《もり》の入《い》り口《ぐち》。

ビビッティアは、歩《ある》きながら説明《せつめい》した。

「この奥《おく》に、ワタシのおうちがあるの。小《ちい》さな湖《みずうみ》とか、ヒミツのトンネルとか、すてきな場所《ばしょ》がたくさんあるのよ。ワタシはいつも、お友《とも》だちといっしょにこの森《もり》で……」

ビビッティアは、話《はなし》をやめて耳《みみ》をすませた。

カービィたちも気《き》づいた。森《もり》の奥《おく》から、音《おと》が聞《き》こえてくる。

さらさらと、小川《おがわ》が流《なが》れるような音《おと》だ。だんだん近《ちか》づいてくる……。

「この音《おと》。あの子《こ》だわ！」

ビビッティアが叫《さけ》んだ。

「気《き》をつけて、カービィ。ワタシを襲《おそ》ったお友《とも》だちがくる！」

「よーし！」

カービィは身《み》がまえた。チリーもワドルディも、油断《ゆだん》なくあたりを見回《みまわ》した。

そこへ――。

「**フフフフ――！**」

かん高《だか》い笑《わら》い声《ごえ》とともに、森《もり》の奥《おく》から何《なに》かが飛《と》び出《だ》してきた。

青《あお》いからだの、小《ちい》さな生《い》き物《もの》だ。その足元《あしもと》から、いきおいよく水《みず》がふき出《だ》している。

小《ちい》さな生《い》き物《もの》は、サーフィンのように水《みず》の流《なが》れに乗《の》って、すべりこんできた。

「キャハ！」

カービィたちの目《め》の前《まえ》で、大《おお》きくジャンプ！

ザパーン！　大《おお》きな水《みず》しぶきが上《あ》がり、カービィたちはびしょぬれになった。

「やめて、プルアンナ！」

ビビッティアが叫《さけ》んだ。

「ワタシなの、ビビッティアなの！　おねがいだから、話《はなし》を聞《き》いて！」

「キャハハ！　フフフ！　フフフフフ！」

青《あお》い生《い》き物《もの》は水《みず》をふりまきながら、暴《あば》れまわっている。話《はなし》なんて、できそうにない。

「あの子《こ》が、ビビッティアのお友《とも》だち……？」

ワドルディがたずねると、ビビッティアはうなずいた。

「うん、お友《とも》だちのプルアンナ。ほんとは、とってもやさしい子《こ》なの。だけど、むらさき色《いろ》のハートにあやつられてる……！」

「ぼくが、目《め》を覚《さ》まさせてやる！　こちこちといきで、凍《こお》らせてやるぞ……！」

チリーが勇《いさ》んで飛《と》び出《だ》していった――が。

「キャハ！」

プルアンナは、すさまじい水流《すいりゅう》をあびせかけてきた。

「わああああ――！」

チリーは必殺《ひっさつ》わざを出《だ》す間《ま》もなく、押《お》し流《なが》されていってしまった。

ワドルディが、あせって叫《さけ》んだ。

「あの子《こ》、ものすごく強《つよ》いよ！　カービィ、ピンクのハートを……！」

「うん！」

カービィは両手《りょうて》をかかげて、念《ねん》じようとした。

けれど、プルアンナの攻撃《こうげき》は激《はげ》しさを増《ま》すばかり。

「フフフフ！」

水流《すいりゅう》が襲《おそ》いかかってくる。

ワドルディはパラソルを開《ひら》いて食《く》い止《と》めようとしたが、水流《すいりゅう》のいきおいはすさまじい。パラソルをはじき飛《と》ばされそうになり、カービィがあわてて手《て》を貸《か》した。

二人《ふたり》がかりでおさえていなければ、パラソルごと押《お》し流《なが》されてしまう。ワドルディがうめいた。

「カービィ……は、早《はや》く、ハートを……!」

「でも、手《て》をはなしたら、流《なが》されちゃうよ……」

「ううーん……!」

そのとき、ビビッティアが叫《さけ》んだ。

「ワタシが、あの子《こ》の注意《ちゅうい》をそらせる。そのすきに、おねがい!」

「ビビッティア? だ、だいじょーぶ?」

「うん！　ワタシ、がんばるの！」

ビビッティアはパラソルから飛《と》び出《だ》して、絵《え》ふでのような髪《かみ》を大《おお》きくふり回《まわ》した。

たちまち、真《ま》っ白《しろ》なキャンバスが出現《しゅつげん》した。

ビビッティアは叫《さけ》んだ。

「プルアンナは、きれいな森《もり》や泉《いずみ》が大好《だいす》き！　自然《しぜん》を破壊《はかい》するものを許《ゆる》さないの。だから……！」

ビビッティアは髪《かみ》をあやつり、すばやくキャンバスに絵《え》を描《か》いた。

「自然《しぜん》を汚《よご》す、ゴミの絵《え》！　空《あ》きカン！　紙《かみ》くず！　ポイ捨《す》て、ポイ捨《す》て！」

ビビッティアが描《か》き上《あ》げた絵《え》は、キャンバスから飛《と》び出《だ》して実体化《じったいか》した。

たちまち、空《あ》きカンや紙《かみ》くずなど、ゴミが積《つ》み上《あ》げられていく。

「キャ!?」

プルアンナは顔色《かおいろ》を変《か》えた。

「**キャアアアアア――！**」

水流《すいりゅう》が止《と》まった。

波乗《なみの》りをやめて地面《じめん》に下《お》りたプルアンナは、カービィたちのことなんてわすれたように、せっせとゴミをひろい集《あつ》め始《はじ》めた。

「今《いま》だよ、カービィ！」

ワドルディが叫《さけ》ぶ。カービィは両手《りょうて》をかかげた。

「出《で》てこい、**ピンクのハート！**」

カービィが念《ねん》じると、両手《りょうて》の間《あいだ》にピンク色《いろ》のハートがあらわれた。

カービィは狙《ねら》いを定《さだ》めて、ハートを投《な》げつけた。

ハートはプルアンナに当《あ》たると、はじけるように消《き》えた。

プルアンナは大《おお》きな目《め》をぱちぱちさせると、ふしぎそうにまわりを見回《みまわ》した。

「……え？　あ……アタシ……？」

「プルアンナ！　よかった、もとに戻《もど》ったのね」

ビビッティアが大《おお》よろこびで飛《と》びつく。

プルアンナはきょとんとしていたが、ひろい集《あつ》めたゴミに気《き》づくと、怒《おこ》り出《だ》した。

「なあに、この汚《きたな》いゴミは！　ビビッティア！　まさか、アナタがこんなことをするなんて！」

「ごめんね、プルアンナ。これには、わけがあるの」

ビビッティアは話《はな》し始《はじ》めた。

プンプンしながら聞《き》いていたプルアンナだが、しだいに、表情《ひょうじょう》が変《か》わり始《はじ》めた。

「……そうだったの」

事情《じじょう》を聞《き》き終《お》えると、プルアンナはうなだれて、深《ふか》いため息《いき》をついた。

「アタシ、ひどいことをしたのね。ごめんね。自分《じぶん》が何《なに》をしたのか、覚《おぼ》えてない……」

「しかたないよ。むらさき色《いろ》のハートのせいなんだ」

チリーがなぐさめると、プルアンナは顔《かお》を上《あ》げた。

暴《あば》れまわっている時《とき》は恐《おそ》ろしい怪物《かいぶつ》のようだったプルアンナだけれど、こうして落《お》ち着《つ》いてみると、とてもかわいい生《い》き物《もの》だった。

「思《おも》い出《だ》した。空《そら》から、むらさき色《いろ》のハートが降《ふ》りそそいできたの。アタシ、逃《に》げようとしたけど、逃《に》げきれなかった。とちゅうで転《ころ》んでしまって……その後《あと》の記《き》憶《おく》は、とぎれとぎれなの」

プルアンナは大《おお》きな目《め》をうるませ、頭《あたま》を振《ふ》った。

頭《あたま》にかぶった水《みず》の王冠《おうかん》が、ゼリーのようにぷるぷるっと揺《ゆ》れた。

「うっすらと覚《おぼ》えてることがある。あのハートをあびた後《あと》、凶暴《きょうぼう》な気持《きも》ちになって、あてもなくさまよっていた時《とき》のことよ。とても恐《おそ》ろしいヤツに会《あ》ったの」

記憶《きおく》を取《と》り戻《もど》したのか、プルアンナは身《み》をすくめた。

「大《おお》きな剣《けん》を振《ふ》り回《まわ》してたわ！　全身《ぜんしん》から殺気《さっき》がみなぎっていて……とにかく怖《こわ》くて、アタシ、すぐに逃《に》げ出《だ》しちゃった」

カービィたちは、顔《かお》を見合《みあ》わせた。

「そんな恐《おそ》ろしいヤツが、この近《ちか》くにいるの？」

「うん。セイントスクエアーズっていう、遺跡《いせき》の近《ちか》くにいたのよ」

カービィは言《い》った。

「そいつが、むらさき色《いろ》のハートをばらまいているのかな？　だったら、やっつけなくちゃ！」

チリーが、たずねた。

「くわしく教《おし》えてよ。どんなヤツだった？」

「不気味《ぶきみ》な仮面《かめん》と、かっこいいマントを身《み》につけてたわ。目《め》にもとまらないくらい、すばやい剣《けん》さばきで……あんな怖《こわ》いヤツ、見《み》たことない」

ワドルディが、考《かんが》えこんだ。

「大《おお》きな剣《けん》……仮面《かめん》……マント……剣《けん》さばき……って……え……？　まさか……！」

ワドルディは何《なに》かに気《き》づいたように叫《さけ》んだが、カービィがすばやく言《い》った。

「よーし、そいつを退治《たいじ》するぞ！　行《い》こう！」

「行《い》こう！」

チリーとビビッティアが声《こえ》をそろえた。

プルアンナが言《い》った。

「アタシが案内《あんない》するわ。だけど、みんな、気《き》をつけてね。アイツ、本当《ほんとう》に恐《おそ》ろしいから」

ワドルディが、あたふたしながら言《い》った。

「ま、待《ま》って、カービィ。その仮面《かめん》の剣士《けんし》って、ひょっとすると……」

カービィは、キリッとした顔《かお》で言《い》った。

「だいじょーぶ！　どんなに強《つよ》い敵《てき》だって、ぼくらが力《ちから》を合《あ》わせれば！」

チリーも言《い》った。

「怖《こわ》くなんかないぞ。ポップスターを救《すく》うんだ！」

ビビッティアとプルアンナも、口々《くちぐち》に言《い》った。

「ワタシの絵《え》ふでで、ぶちのめしてやるんだから！」

「アタシもいっしょに戦《たたか》うわ。アイツの好《す》き勝手《かって》にはさせない！」

「行《い》こう！」

カービィを先頭《せんとう》に、一行《いっこう》は勇《いさ》ましく歩《ある》き出《だ》した。

ワドルディはパラソルをせおって、みんなを追《お》いかけながら、つぶやいた。

「だ、だいじょうぶかなあ……ものすごく恐《おそ》ろしい仮面《かめん》の剣士《けんし》って……たぶん……」

5 仮面《かめん》の剣士《けんし》

──セイントスクエアーズ。

そこは、くずれた石柱《せきちゅう》や石《いし》だたみから成《な》る、大昔《おおむかし》の遺跡《いせき》。

プルアンナが、石《いし》だたみを水流《すいりゅう》で掃除《そうじ》しながら言《い》った。

「ふだんはだれも近《ちか》づかない、古代《こだい》の遺跡《いせき》なの。でも、今《いま》はあの恐《おそ》ろしい剣士《けんし》がうろついてるから、気《き》をつけて。それだけじゃなく、危険《きけん》なワナも……」

「わかってるさ！」

チリーが言《い》った。

「みんな、怖《こわ》がらなくていいよ。どんな敵《てき》が出《で》てきたって、ぼくがやっつけてやるからね！」

と、胸《むね》を張《は》ったとたん。

くずれかけた石柱《せきちゅう》の間《あいだ》から、何者《なにもの》かが飛《と》び出《だ》してきた。

「……うわっ!?」

チリーはよろめいた。

カービィもワドルディも、ビビッティアもプルアンナも、ハッとして身《み》がまえた。

あらわれたのは、炎《ほのお》をまとった巨大《きょだい》な盾《たて》だった。

プルアンナが叫《さけ》んだ。

「メラーガガード！　この遺跡《いせき》を守《まも》っている怪物《かいぶつ》よ。気《き》をつけて！」

「ふ、ふん！　怖《こわ》くないさ！　こんな盾《たて》ぐらい、こちこちといきで凍《こお》らせてやる……！」

チリーは叫《さけ》び、凍《い》てつく息《いき》をはき出《だ》そうとした。

けれど、一瞬早《いっしゅんはや》く、メラーガガードの炎《ほのお》がチリーに襲《おそ》いかかっていた。

「うわあああ！」

チリーはたちまち炎《ほのお》につつまれ、悲鳴《ひめい》を上《あ》げた。

「チリー！」

カービィたちはかけよろうとしたが、プルアンナがその前《まえ》におどり出《で》た。

「みんな、下《さ》がってて。ここは、アタシにまかせて！」

プルアンナはからだをそらせて、叫《さけ》んだ。

「**ウェーブショット！**」

プルアンナの口《くち》から、水流《すいりゅう》がほとばしる。

メラーガガードがまとっていた炎《ほのお》は、たちまち消《き》えてしまった。

と同時《どうじ》に、メラーガガードの本体《ほんたい》も力《ちから》を失《うしな》い、あわてて石柱《せきちゅう》のかげに逃《に》げていった。

「やった！　さすがね、プルアンナ！」

ビビッティアが歓声《かんせい》を上《あ》げた。

カービィとワドルディは、チリーをのぞきこんだ。

チリーのからだは、熱《ねつ》のため溶《と》かされ、いつもの半分《はんぶん》くらいの大《おお》きさになってしまっている。

「チリー、だいじょーぶ!?」

チリーはぐったりして、目《め》を閉《と》じている。呼《よ》びかけても、返事《へんじ》はなかった。

ワドルディが言《い》った。

「たいへん、早《はや》く冷《ひ》やさないと、チリーがあぶないよ!」

プルアンナが言《い》った。

「だけど、ここには氷《こおり》も雪《ゆき》もないわ。冷蔵庫《れいぞうこ》でもあればいいんだけど……」

「冷蔵庫《れいぞうこ》? それなら、ワタシにまかせて!」

ビビッティアが、髪《かみ》を振《ふ》った。

真《ま》っ白《しろ》なキャンバスがあらわれた。ビビッティアは髪《かみ》をあやつって、絵《え》を描《か》き始《はじ》めた。

「ワタシ、描《か》いた物《もの》を取《と》り出《だ》せる力《ちから》を持《も》ってるの。今《いま》、冷蔵庫《れいぞうこ》を描《か》くね」

カービィとワドルディはホッとした。

「ありがとう、ビビッティア。冷蔵庫《れいぞうこ》があれば、チリーを助《たす》けることができるよ」

しかし、そのときだった。

突然《とつぜん》、何《なに》かがカービィの足元《あしもと》に飛《と》んできた。

「わっ!?」

カービィは、びっくりして飛《と》び下《さ》がった。

石《いし》だたみに突《つ》き刺《さ》さっているのは、するどい剣《けん》。

「な、なに!?」

カービィは振《ふ》り返《かえ》った。

くずれた遺跡《いせき》の柱《はしら》の上《うえ》に、マントをなびかせた仮面《かめん》の剣士《けんし》が立《た》っていた。

ワドルディは剣士《けんし》を見上《みあ》げて、「やっぱり」とつぶやいた。

カービィは、顔《かお》をかがやかせて、声《こえ》を上《あ》げた。

「あ、メタナイト！　こんなところで、何《なに》してるの？　ひょっとして、メタナイトも、悪《わる》いヤツをやっつけに来《き》たの？」

メタナイトは無言《むごん》で、柱《はしら》から飛《と》び下《お》りてきた。

プルアンナが「きゃあっ」と悲鳴《ひめい》を上《あ》げ、ふるえる声《こえ》で言《い》った。

「あ、あいつよ！　恐《おそ》ろしい仮面《かめん》の剣士《けんし》！」

「……え？」

カービィはおどろいて、プルアンナを見《み》た。

「まさか、プルアンナが言《い》ってた恐《おそ》ろしい剣士《けんし》って、メタナイトのことなの〜？」

「名前《なまえ》は知《し》らないけど、あいつよ！」

「なーんだ！」

カービィは笑《わら》いだした。

「メタナイトは、恐《おそ》ろしくなんかないよ。正々堂々《せいせいどうどう》とした、りっぱな剣士《けんし》なんだ」

「ち、ちがうわ、カービィ」

プルアンナのふるえは止《と》まらない。

「よく見《み》て。わからないの？　あいつの全身《ぜんしん》から、殺気《さっき》がみなぎってる！」

「さっきー？　そんなの、ないよ。友《とも》だちなんだから。ね、メタナイト」

カービィは笑《わら》いかけたが、メタナイトは答《こた》えず、腰《こし》に帯《お》びた宝剣《ほうけん》ギャラクシアを抜《ぬ》いた。

「……え？」

カービィはきょとんとした。

メタナイトは石《いし》だたみをけって高《たか》く飛《と》び上《あ》がり、カービィめがけて急降下《きゅうこうか》！

「わぁ!?」

カービィはあわてて転《ころ》がり、間《かん》いっぱつ、メタナイトの一撃《いちげき》をかわした。

「カービィ！」

ワドルディが、カービィを助《たす》け起《お》こした。

「様子《ようす》がおかしい。いつものメタナイト様《さま》じゃないよ！」

「……え？」

「むらさき色《いろ》のハートにあやつられているんだ！」

「メタナイトまで……むらさき色《いろ》のハートに……？」

ぼうぜんとするカービィに、メタナイトは攻撃《こうげき》をくり出《だ》してきた。

宝剣《ほうけん》ギャラクシアの切《き》っ先《さき》が、カービィにせまる。

「あぶない、カービィ！」

プルアンナが叫《さけ》び、からだをそらせた。

「**ウェーブショット！**」

プルアンナは、いきおいよく水《みず》をはき出《だ》した。

しかし、メタナイトはマントをひるがえして、あっさりと水流《すいりゅう》をかわした。

プルアンナは、たじろいだ。

「え……？　アタシのウェーブショットを、あんなにカンタンに……！」

メタナイトは無言《むごん》のまま、宝剣《ほうけん》ギャラクシアを振《ふ》った。

剣先《けんさき》から、するどいビームがほとばしる！

「きゃあ！」

プルアンナはビームの直撃《ちょくげき》を受《う》けてはじき飛《と》ばされ、一心不乱《いっしんふらん》に冷蔵庫《れいぞうこ》の絵《え》を描《か》いていたビビッティアにぶつかった。

二人《ふたり》はいっしょに転《ころ》がった。

ビビッティアの術《じゅつ》は破《やぶ》られ、冷蔵庫《れいぞうこ》の絵《え》が描《か》かれていたキャンバスはかき消《き》えてしまった。

ビビッティアは悲鳴《ひめい》を上《あ》げた。

「あ——!? 何《なに》をするの!? ワタシの絵《え》が——!」

しかし、メタナイトはビビッティアには目《め》もくれない。

石《いし》だたみに突《つ》き刺《さ》さっている剣《けん》を抜《ぬ》くと、ふたたび、カービィの足元《あしもと》に投《な》げつけてきた。

ワドルディが言《い》った。

「剣《けん》を取《と》って戦《たたか》え……っていう意味《いみ》みたいだね」

「えー?」

カービィは、後《あと》じさった。

「いやだよ。ぼく、戦《たたか》いたくないよ……そうだ!」

戦《たたか》いをさけるためには、メタナイトを正気《しょうき》に戻《もど》せばいい。

そう気《き》づいたカービィは、両手《りょうて》をかかげた。

「出《で》てこい、ピンクのハート！」

両手《りょうて》の間《あいだ》に、ピンク色《いろ》のハートが出現《しゅつげん》した。

カービィは、力《ちから》いっぱい、メタナイトめがけて投《な》げつけた。

けれど、メタナイトは宝剣《ほうけん》ギャラクシアをひと振《ふ》り。

ピンクのハートは真《ま》っ二《ぷた》つに切《き》り裂《さ》かれ、消《き》えてしまった。

「わ、わぁ！　ハートが――!?」

メタナイトはいらだったように、切《き》りかかってくる。

「どうしよう……！」

「メタナイト様《さま》には、ハートは通用《つうよう》しないんだ」

カービィとワドルディは、逃《に》げ回《まわ》りながら話《はな》した。

「戦《たたか》うしか、ないみたいだね」

「わ、わかった！」

メタナイトを正気《しょうき》に戻《もど》すためには、戦《たたか》って倒《たお》すしかない。

カービィは覚悟《かくご》を決《き》めた。

「行《い》くよ、メタナイト！」

カービィは、石《いし》だたみに刺《さ》さっている剣《けん》を吸《す》いこんだ。

カービィの姿《すがた》が変《か》わった。

頭《あたま》には、緑色《みどりいろ》のぼうし。右手《みぎて》には、大《おお》きな剣《けん》。

ソードのコピー能力《のうりょく》だ。

メタナイトは満足《まんぞく》げにうなずくと、カービィめがけて宝剣《ほうけん》ギャラクシアを振《ふ》り下《お》ろした。

カービィは、すばやく剣《けん》で受《う》けた。

刃《は》と刃《は》がぶつかり合《あ》い、火花《ひばな》を散《ち》らせた。

メタナイトは全身《ぜんしん》の力《ちから》をこめて、刃《やいば》を押《お》しつけてくる。

カービィも、全身《ぜんしん》の力《ちから》で受《う》け止《と》める。
すさまじい力《ちから》が、せめぎ合《あ》った。
パワーが頂点《ちょうてん》に達《たっ》した瞬間《しゅんかん》、二人《ふたり》は同時《どうじ》に飛《と》び下《さ》がってにらみ合《あ》った。
メタナイトは、一瞬《いっしゅん》のすきもなく、攻撃《こうげき》をくり出《だ》してくる。
宝剣《ほうけん》ギャラクシアの先端《せんたん》から、光線《こうせん》がはなたれる。
ナイトビーム！
カービィはすばやくガードし、剣《けん》を水平《すいへい》にかまえ直《なお》して突進《とっしん》した。
ドリルソード！
目《め》にもとまらないスピードだった。
さすがのメタナイトも、かわしきれない。こんしんの一撃《いちげき》を食《く》らって、倒《たお》れた。
「やったぁ……！」
ワドルディが叫《さけ》ぶ。
かたずをのんで見守《みまも》っていたプルアンナも、手《て》をたたいてよろこんだ。
「すごいわ、カービィ。あんなにかわいいのに、なんて強《つよ》いの！」

カービィは剣《けん》をおさめ、メタナイトに歩《あゆ》みよった。

「だいじょーぶ？　メタナイト……」

そのとき、メタナイトはゆっくり起《お》き上《あ》がった。

仮面《かめん》のため、表情《ひょうじょう》は見《み》えない。

けれど、全身《ぜんしん》にみなぎる殺気《さっき》は、より強《つよ》まっていた。

気《き》づいたプルアンナが叫《さけ》んだ。

「気《き》をつけて、カービィ！　そいつ、まだ正気《しょうき》に戻《もど》ってないわ！」

その言葉《ことば》を合図《あいず》にしたように、メタナイトは高《たか》く飛《と》び上《あ》がった。

と——そのからだが、四人《にん》に分裂《ぶんれつ》した。

「……え!?」

カービィはたじろいだ。

同《おな》じ仮面《かめん》、同《おな》じ姿《すがた》のメタナイトが四人《にん》。

同《おな》じ宝剣《ほうけん》ギャラクシアをかまえ、いっせいに襲《おそ》いかかってくる！

「わあ——！」

カービィは逃《に》げまどった。

「カービィ！」

ワドルディは夢《む》中《ちゅう》で飛《と》び出《だ》していった。

プルアンナは、ビビッティアの手《て》を引《ひ》っぱって叫《さけ》んだ。

「アタシたちも、加勢《かせい》するわよ！」

「待《ま》って、プルアンナ。ワタシは冷蔵庫《れいぞうこ》を描《か》かなくちゃ……」

「冷蔵庫《れいぞうこ》はあと回《まわ》し！　カービィが大《だい》ピンチなんだから！」

ワドルディ、プルアンナ、そしてビビッティアは、カービィを助《たす》けるために、四人《にん》のメタナイトを取《と》り囲《かこ》んだ。

「えーい、**パラソルスイング！**」

「**サーファータックル！**」

「**絵《え》ふでスラッシュ！**」

三人《にん》は、それぞれの必殺《ひっさつ》わざをくり出《だ》した。

けれど、分裂《ぶんれつ》したメタナイトたちはいっせいに剣《けん》をかざし、ナイトビームを飛《と》ばした。

三人《にん》とも、攻撃《こうげき》を食《く》らってひっくり返《かえ》ってしまった。

メタナイトたちは、とどめを刺《さ》そうと飛《と》び上《あ》がった。

「わあっ、くるよ！」

ワドルディは急《いそ》いで飛《と》び起《お》き、カサを開《ひら》いてプルアンナとビビッティアを守《まも》ろうとした。

だが、メタナイトたちの強烈《きょうれつ》な攻撃《こうげき》はふせぎきれない。

カサは、一瞬《いっしゅん》でこわれてしまった。

「きゃあああ！」

プルアンナとビビッティアは頭《あたま》をかかえて悲鳴《ひめい》を上《あ》げた。

「やめろ、メタナイト！」

カービィが、コマのように回転《かいてん》しながら飛《と》びこんできた。

全方向《ぜんほうこう》にダメージを与《あた》える必殺《ひっさつ》わざ、**たつまきぎり！**

四人《にん》のメタナイトは、いっせいに飛《と》びのいた。

回転《かいてん》を止《と》めたカービィは、メタナイトたちをにらみつけて叫《さけ》んだ。

「ひきょうだぞ、四人《にん》に増《ふ》えるなんて。メタナイトらしくないよ！」

メタナイトは、正々堂々《せいせいどうどう》とした戦《たたか》いを愛《あい》する、孤高《ここう》の戦士《せんし》。

本来《ほんらい》なら、こんな戦《たたか》い方《かた》をするはずがない。

むらさき色《いろ》のハートのしわざだとわかっていても、カービィは、ガマンならなかった。

「はぁぁぁ――――！　**ソード百れつぎり！**」

力《ちから》いっぱい、剣《けん》を振《ふ》り回《まわ》す。

四人《にん》のメタナイトたちはカービィの剣《けん》をかわしながら、じりじりと間合《まあ》いを詰《つ》めてきた。

「やぁ！」

カービィは、正面《しょうめん》のメタナイトに切《き》りこんだ。

しかし、左右《さゆう》と後《うし》ろから、同時《どうじ》に切《き》りつけられてしまった。

「うわあ！」

四方《しほう》から攻《せ》められては、ガードも間《ま》に合《あ》わない。

ビビッティアが悲鳴《ひめい》を上《あ》げた。

「このままじゃ、カービィがやられちゃう……！」

「助《たす》けなきゃ！」

プルアンナが水《みず》をはこうとしたが、ナイトビームにはばまれ、近《ちか》づくことすらできない。

「どうしよう……カービィが……！」

そのとき、ワドルディが大声《おおごえ》を上《あ》げた。

「そうだ！　いい方法《ほうほう》があるよ！」

「なんですって？」

「**フレンズ能力《のうりょく》！**　ソードのコピー能力《のうりょく》を、強《つよ》くするんだ」

「フレンズ……それ、なに？　どうやるの？」

「プルアンナ、カービィに水《みず》をぶつけてみて！」

「え？」

プルアンナはおどろいて、聞《き》き返《かえ》した。

「アタシの攻撃《こうげき》を、カービィに？　なぜ、そんなことを！」

「カービィの剣《けん》に、ウォーターのコピー能力《のうりょく》を与《あた》えるんだ。とにかく、やってみて！」

「う、うん」

プルアンナは、わけがわからないという顔《かお》で、カービィに向《む》かって水流《すいりゅう》をふきつけた。

カービィは頭《あたま》から水《みず》をかぶり、びしょぬれに。
そのとたん、傷《きず》ついていたカービィは、元気《げんき》を取《と》り戻《もど》した。
剣《けん》を高《たか》くかかげ、大声《おおごえ》で叫《さけ》ぶ。
「ありがとう、プルアンナ！」
剣《けん》がかがやき始《はじ》めた。
そして、たちまち、剣《けん》の先《さき》から清《きよ》らかな水《みず》があふれ出《だ》した。
プルアンナもビビッティアも、びっくり。

「なに？　どうなったの？」

「カービィの剣《けん》が、水《みず》でっぽうみたいになっちゃったわ！」

「水《みず》でっぽうじゃないよ」

ワドルディが説明《せつめい》した。

「ソードのコピー能力《のうりょく》が、プルアンナの持《も》つ『ウォーター』と合体《がったい》して、強《つよ》くなったんだ。これなら、きっと……！」

ワドルディの言《い》うとおり。

ソードのコピー能力《のうりょく》は水《みず》の気《き》を帯《お》びて、攻撃力《こうげきりょく》がアップ！

カービィは、剣《けん》の先端《せんたん》から水《みず》をまき散《ち》らしながら、正面《しょうめん》のメタナイトに飛《と》びかかっていった。

メタナイトはガードしようとしたが、威力《いりょく》を増《ま》した剣《けん》にはあらがえない。

「はぁ！」

カービィは一撃《いちげき》で、宝剣《ほうけん》ギャラクシアをはね飛《と》ばした。

「たぁぁ！」

返《かえ》す剣《けん》で、右側《みぎがわ》のメタナイトに切《き》りつける。

メタナイトはうめき声《ごえ》を上《あ》げ、うずくまってしまった。

「やぁ！　やぁぁ！」

呼吸《こきゅう》も乱《みだ》さず、左側《ひだりがわ》と後方《こうほう》のメタナイトに向《む》けて、**ソード百れつぎり！**

すべての攻撃《こうげき》が、あざやかに決《き》まった。

四人《にん》のメタナイトはたおれ、動《うご》かなくなったかと思《おも》うと——。

かげろうのようにゆらめき、一瞬《いっしゅん》で、一人《ひとり》のメタナイトの姿《すがた》になった。

そして、そのからだから、むらさき色《いろ》のハートが転《ころ》がり出《で》てきた。

「あ、ハートが！」

カービィは追《お》いかけようとしたが、むらさき色《いろ》のハートは宙《ちゅう》を飛《と》び、たちまち見《み》えなくなってしまった。

「う……っ」

メタナイトは、苦《くる》しげな声《こえ》を上《あ》げて、起《お》き上《あ》がった。

プルアンナが言《い》った。

「殺気《さっき》が消《き》えてる。さっきみたいな、イヤな感《かん》じがなくなったわ」

ビビッティアが、うなずいた。

「むらさき色《いろ》のハートから、解放《かいほう》されたのね」

カービィは、メタナイトにかけよった。

「だいじょーぶ、メタナイト？」

「……カービィ？」

メタナイトは、けげんそうに、あたりを見回《みまわ》した。

「ここは……どこだ」

「セイントスクエアーズだよ」

「セイント……？　なぜ、私《わたし》がこんなところに？　何《なに》があったというのだ」

「メタナイト、ひょっとして、覚《おぼ》えてないの？」

カービィは、空《そら》をさした。

「見《み》て、むらさき色《いろ》の雲《くも》が空《そら》をおおってるでしょ。あれのせいで、ポップスターじゅうがおかしくなっているんだ」

「雲《くも》……」

メタナイトもカービィと並《なら》んで空《そら》を見上《みあ》げ、言《い》った。

「思《おも》い出《だ》した。剣《けん》の手入《てい》れをしているとき、突然《とつぜん》、あの雲《くも》が空《そら》をおおうのに気《き》づいたのだ。そして、むらさき色《いろ》のかけらが降《ふ》りそそいできた――」

「そのかけらは、みんなに取《と》りついて、こころをあやつっちゃうんだ。メタナイトも、むらさき色《いろ》のハートのかけらのせいで、おかしくなってたんだよ」

「……そうか」

メタナイトは、すべての事情《じじょう》を察《さっ》したらしい。

沈《しず》んだ声《こえ》で、カービィにあやまった。

「私《わたし》が、君《きみ》たちを苦《くる》しめたのだな。すまなかった」

「ううん、だいじょーぶ！　戦《たたか》ったけど、ぼくが勝《か》ったから！」

カービィは、得意《とくい》そうに言《い》った。

メタナイトは一瞬《いっしゅん》、宝剣《ほうけん》ギャラクシアに手《て》をかけたが、すぐに思《おも》い直《なお》した。

「いや、勝《か》ち負《ま》けにこだわっている場合《ばあい》ではない。こころをあやつられたのは、私《わたし》の弱《よわ》さゆえ。修行《しゅぎょう》が足《た》りなかったようだ」

「そんなことないよ。むらさき色《いろ》のかけらには、だれも逆《さか》らえないんだ」

「いったい、何《なん》なのだ？　あの雲《くも》と、むらさき色《いろ》のかけらは」

「わからないんだ。ぼくら、それを調《しら》べようと思《おも》うんだよ。メタナイトも、力《ちから》をかして」

「……うむ」

メタナイトは、うなずいた。

「協力《きょうりょく》するのは、やぶさかではない。だが、その前《まえ》にすることがある」

「なあに？」

「戦艦《せんかん》ハルバードに戻《もど》ろうと思《おも》う。部下《ぶか》たちが心配《しんぱい》しているだろうからな。それに、バル艦長《かんちょう》をはじめ、私《わたし》の部下《ぶか》たちは優秀《ゆうしゅう》だ。彼《かれ》らに命《めい》じて、あの雲《くも》の正体《しょうたい》を探《さぐ》らせよう」

「うん、おねがい！」

メタナイトが持《も》つ戦艦《せんかん》ハルバードは、最新《さいしん》の技術《ぎじゅつ》をそなえた、要塞《ようさい》のような宇宙戦艦《うちゅうせんかん》だ。

ハルバードの力《ちから》を使《つか》えば、たちどころに、なぞがとけるだろう。

「では、情報《じょうほう》が集《あつ》まったら連絡《れんらく》する。それまでは、危険《きけん》な行動《こうどう》はひかえてくれ」

「うん、わかった！」

「では」

メタナイトは去《さ》ろうとしたが、ワドルディが呼《よ》び止《と》めた。

「待《ま》ってください、メタナイト様《さま》」

「……む？」

「あの……おねがいしたいことがあるんです」

ワドルディは、おずおずと両手《りょうて》を差《さ》し出《だ》した。

その上《うえ》に、小《ちい》さな雪《ゆき》だるまのような物《もの》がのっていた。

「……なんだ、それは？」

「チリーです」

メラーガガードの炎《ほのお》につつまれ、弱《よわ》ってしまったチリー。

カービィとメタナイトの戦《たたか》いの間《あいだ》、ずっと放《ほう》っておかれたために、ますます小《ちい》さくなってしまっていた。

「溶《と》けかけているんです。早《はや》く冷《ひ》やしてあげないと、消《き》えちゃいそうなんです」

「ふむ……」

「戦艦《せんかん》ハルバードの冷凍庫《れいとうこ》に入《い》れてあげてくれませんか？　そして、元気《げんき》になったら、ププランドに帰《かえ》してあげてほしいんです」

ここまで、勇《ゆう》かんに戦《たたか》ってきてくれたチリーだが、こんな姿《すがた》になってしまっては戦《たたか》えない。休息《きゅうそく》が必要《ひつよう》だった。

「わかった。引《ひ》き受《う》けよう」

メタナイトはチリーを受《う》け取《と》った。

「では、さらばだ、カービィ。後《のち》ほど、また会《あ》おう」

メタナイトはチリーを抱《だ》いて、歩《あゆ》み去《さ》っていった。

6 ゆくてをはばむ、ポン&《アンド》コン！

むらさき色《いろ》の雲《くも》の正体《しょうたい》について、メタナイトの調《しら》べが進《すす》むまで待《ま》つ——。

カービィたちはそう決《き》めて、ひとまずビビッティアの家《いえ》に集《あつ》まり、思《おも》い思《おも》いのやり方《かた》で時間《じかん》をすごすことにした。

ビビッティアは、いつものように絵《え》を描《か》いた。

プルアンナは、水《みず》をふりまいて、草木《くさき》の手入《てい》れをした。

ワドルディは、メタナイト戦《せん》でこわれてしまったカサの修理《しゅうり》をした。

——だが、カービィだけは、することがない。

ごろごろしているうちに、だんだんたいくつになってきた。

「メタナイトったら、おそいなあ。何《なに》をやってるんだろう？」

カービィは、ぐだぐだと寝《ね》そべりながら、あくびをした。

ワドルディは、カサの骨《ほね》を直《なお》しながら言《い》った。

「まだ二日《ふつか》しかたってないよ。今《いま》ごろ、むらさき色《いろ》の雲《くも》について調《しら》べてくれてるんだよ」

「ぼくらだけで、とつげきしちゃおうか？」

カービィは、むっくり起《お》き上《あ》がって言《い》った。

ワドルディは、手《て》を止《と》めて答《こた》えた。

「それはダメだよ。メタナイト様《さま》と合流《ごうりゅう》しなきゃ」

「だけど……」

カービィは、食《た》べることと寝《ね》ることが大好《だいす》き。いつもなら、何時間《なんじかん》だって、何日《なんにち》だって、ごろごろしていられる。

けれど、今《いま》はポップスターの危機《きき》なのだ。

みんなが苦《くる》しんでいるのに、じっとしているなんて、カービィは落《お》ち着《つ》かなかった。

「ちょっと見《み》に行《い》くだけなら、だいじょーぶじゃないかな？」

「何《なに》を見《み》に行《い》くの？」

「雲《くも》の中《なか》が、どうなってるのか。ちょっとだけ様子《ようす》を見《み》るんだ」

「危険《きけん》な行動《こうどう》はしないって、メタナイト様《さま》と約束《やくそく》したでしょ」

「危険《きけん》じゃないよ。ちょっと見《み》るだけだもん」

「メタナイト様《さま》を、待《ま》ったほうがいいって……」

「ちょっと見《み》るだけ。すぐに帰《かえ》ってくるから」

「でも……」

「ワドルディが行《い》かないなら、ぼく、一人《ひとり》で行《い》ってくる。じゃあね」

思《おも》い立《た》ったらすぐ行動《こうどう》のカービィは、さっさと部屋《へや》を飛《と》び出《だ》して行《い》った。

「ま、待《ま》ってよ、カービィ！」

ワドルディは、修理《しゅうり》しかけのカサをせおって、あわててカービィを追《お》いかけた。


「じっと見《み》ていると、チョコレートソースをかけたくなるんだよな」

トライデントナイトが言《い》った。

メタナイツたちは、口々《くちぐち》に意見《いけん》を述《の》べた。

「オレは、ストロベリーソース派《は》だな」

「アップルパイの上《うえ》にのせても、おいしそうだよ」

「ウェハースも必要《ひつよう》だス！」

バル艦長《かんちょう》がテーブルをたたき、ひときわ大《おお》きな声《こえ》で言《い》った。

「ワシはぜったいあんこ派《は》だ！　あんこをのせた上《うえ》に、黒《くろ》みつをたっぷりかけて、その上《うえ》からキナコを……」

そのとき、ロビーのドアが開《ひら》いて、メタナイトが入《はい》ってきた。

バル艦長《かんちょう》とメタナイツたちは、びくっとして口《くち》をつぐんだ。

メタナイトはけわしい声《こえ》で言《い》った。

「バル艦長《かんちょう》、例《れい》の件《けん》だが……」

バル艦長《かんちょう》は、あわてふためいて、メタナイトをさえぎった。

「ご、ご安心《あんしん》ください、チリーはちゃんと冷凍庫《れいとうこ》に入《はい》っておりますぞ！　ワシらが話《はな》していたのはアイスクリームのことであって、だんじてチリーでは……！」

「……私《わたし》が聞《き》きたいのは、むらさき色《いろ》の雲《くも》に関《かん》する報告《ほうこく》だ。どうなっている」

「あ、そっちの件《けん》でしたか」

バル艦長《かんちょう》はせき払《ばら》いをし、まじめくさって言《い》った。

「無人偵察部隊《むじんていさつぶたい》を発進《はっしん》させました。まもなく、報告《ほうこく》が届《とど》くはずです」

ちょうどそのとき、かん高《だか》い通信音《つうしんおん》が鳴《な》りひびいた。

アックスナイトが、オペレーター席《せき》に座《すわ》って叫《さけ》んだ。

「作戦成功《さくせんせいこう》！　偵察部隊《ていさつぶたい》は、むらさき色《いろ》の雲《くも》の中《なか》に突入《とつにゅう》したもようです。映像《えいぞう》がとどきました」

大《おお》きなスクリーンに、偵察部隊《ていさつぶたい》から送《おく》られてきた映像《えいぞう》が映《うつ》し出《だ》された。

「**これは……!?**」

バル艦長《かんちょう》は立《た》ち上《あ》がり、うなり声《ごえ》を上《あ》げた。

映《うつ》し出《だ》されているのは、巨大《きょだい》な建物《たてもの》だった。

ツノのような柱《はしら》がそびえ立《た》ち、そのまわりを長《なが》い回廊《かいろう》が取《と》り巻《ま》いている。

回廊《かいろう》には、青白《あおじろ》い火《ひ》がいくつも燃《も》えていた。

見《み》るからに、いかめしい外観《がいかん》だ。

「――要塞《ようさい》ですな」

バル艦長《かんちょう》は、きびしい目《め》でスクリーンをにらんだ。

「まさか、雲《くも》の中《なか》にこんな恐《おそ》ろしい建物《たてもの》がかくされていたとは。メタナイト様《さま》、これは一《いち》大事《だいじ》ですぞ！」

「うむ」

「すぐに、突撃《とつげき》の準備《じゅんび》を……」

「いや、敵《てき》の目的《もくてき》も戦力《せんりょく》も、まだわからんのだ。あの要塞《ようさい》の中《なか》がどうなっているのか、引《ひ》き続《つづ》き調査《ちょうさ》だ」

「メタナイト様《さま》！」

オペレーターのアックスナイトが叫《さけ》んだ。

「偵察部隊《ていさつぶたい》が、なぞの物体《ぶったい》をとらえました！」

「なんだと」

「映像《えいぞう》を拡大《かくだい》します。黄色《きいろ》い星《ほし》のような物体《ぶったい》が、要塞《ようさい》に接近《せっきん》しています……星《ほし》の上《うえ》に、何《なに》かが乗《の》っているようですが……**あ、あれぇ!?**」

アックスナイトの声《こえ》が、ひっくり返《かえ》った。

食《く》い入《い》るように映像《えいぞう》を見《み》つめていたメタナイツたちも、同時《どうじ》に、おどろきの声《こえ》を上《あ》げた。

「あれは、カービィじゃないか!?」

「ワドルディも乗《の》ってるぞ」

「あ、偵察機《ていさつき》のカメラに気《き》づいたようだ」

「カメラに向《む》かって、手《て》を振《ふ》ってる！　のんきなヤツだなあ」

メタナイトは、クラッとたおれそうになったが、なんとかこらえた。

「カービィめ……調査《ちょうさ》を待《ま》てと言《い》ったのに、勝手《かって》な行動《こうどう》を……」

「どうしますか、メタナイト様《さま》」

バル艦長《かんちょう》がたずねた。

「カービィを追《お》って、突入《とつにゅう》しますか？」

「いや、ほうっておけ。カービィのペースに巻《ま》きこまれたら、甚大《じんだい》な被害《ひがい》が出《で》る」

メタナイトは、マントをひるがえした。

「われわれは、われわれのやり方《かた》で戦《たたか》う。調査《ちょうさ》を続行《ぞっこう》するのだ」

「はっ！」

バル艦長《かんちょう》とメタナイツたちは、それぞれ自分《じぶん》の持《も》ち場《ば》についた。

カービィ、ワドルディ、それにビビッティアとプルアンナを乗《の》せたワープスターは、メタナイトが差《さ》し向《む》けた偵察部隊《ていさつぶたい》を追《お》いこして、巨大要塞《きょだいようさい》に近《ちか》づいていた。

「わぁ、すごい！」

カービィは、ぐんぐんせまってくる要塞《ようさい》を見《み》て、大声《おおごえ》を上《あ》げた。

「なんて大《おお》きな建物《たてもの》なんだろう。だれが住《す》んでるのかな？」

「カービィ、これはどう見《み》ても、住《す》むための建物《たてもの》じゃないわ」

ビビッティアが言《い》った。

「戦《たたか》うために造《つく》られた、とりでなのよ。ポップスターを侵略《しんりゃく》しようとしてるんだわ」

「よーし、中《なか》に入《はい》ってみよう」

「ダメだよ！」

ワドルディが止《と》めた。

「様子《ようす》を見《み》るだけって言《い》ったでしょ。もう様子《ようす》はわかったから、帰《かえ》ろうよ」

「ちょっと入《はい》ってみるだけ……」

「いいえ、中《なか》には入《はい》れないわ。ほら、見《み》て」

プルアンナが言《い》った。

「大《おお》きな門《もん》がある。あれを開《あ》けることができなければ、入《はい》れないのよ」

「ほんとだ！」

カービィは、ぴょんとワープスターから飛《と》び下《お》りて、門《もん》の前《まえ》に着地《ちゃくち》してしまった。

「あっ、カービィったら！」

ワドルディも、しかたなく飛《と》び下《お》りる。プルアンナとビビッティアも、二人《ふたり》に続《つづ》いた。

門《もん》は、かたく閉《と》ざされていた。とびらの中央《ちゅうおう》に、赤《あか》い目《め》のような紋章《もんしょう》が刻《きざ》まれている。

「不気味《ぶきみ》な門《もん》だね……」

「なんとか、こじ開《あ》けられないかなあ」

カービィは、とびらに手《て》をかけようとした。

すると、突然《とつぜん》、大《おお》きな声《こえ》がひびきわたった。

「侵入者《しんにゅうしゃ》、発見《はっけん》！」

「ここは、通《とお》さないぜ！」

どすん、と音《おと》がして地面《じめん》がゆれた。

カービィは振《ふ》り返《かえ》った。

そこに、二体《たい》の敵《てき》が出現《しゅつげん》していた。

一人《ひとり》は、タヌキのような丸《まる》い顔《かお》をしている。もう一人《ひとり》は、キツネのように鼻《はな》がとがっている。どちらも、むらさき色《いろ》のヨロイとカブトをつけていた。

「わあ、タヌキとキツネだ！」

カービィは叫《さけ》んだ。

すると、二人《ふたり》はいきり立《た》って言《い》い返《かえ》した。

「タヌキじゃない！　オレはポン！」

「キツネじゃない！　オレはコン！」

二人《ふたり》はポーズを取《と》って、叫《さけ》んだ。

「二人《ふたり》合《あ》わせて！」

「阿吽《あうん》の護獣《ごじゅう》！」

「ポンと！」

「コン！」

かっこよく決《き》まった。

けれど、カービィはニッコリして言《い》った。

「タヌキがポンで、キツネがコンだね。うん、覚《おぼ》えた」

「ちがーう！　阿吽《あうん》の護獣《ごじゅう》だって言《い》ってるだろ！」

ポンとコンは武器《ぶき》をかまえて、カービィたちにつめよってきた。

「オレたちは、暗黒要塞《あんこくようさい》ジャマハルダの番人《ばんにん》」

「この営門《えいもん》を通《とお》すわけにはいかないぜ」

「ジャマハルダ？　このとりでは、そういう名前《なまえ》なの？」

ポンとコンはその問《と》いには答《こた》えず、声《こえ》をそろえておたけびを上《あ》げた。

「いでよ、子《こ》どもたち！」

と、その声《こえ》にこたえるように、走《はし》り回《まわ》る足《あし》音《おと》が聞《き》こえてきた。

ポンとコンのような重《おも》みは感《かん》じられない。数《かず》は多《おお》そうだが、トコトコと軽《かる》い足音《あしおと》だ。

姿《すがた》をあらわしたのは、たくさんの子《こ》ダヌキ

と子《こ》ギツネたちだった。

「かかれ、子《こ》どもたち！」

ポンが叫《さけ》んで、走《はし》り出《だ》した。

「わーい！」

子《こ》ダヌキたちは歓声《かんせい》を上《あ》げ、ポンに続《つづ》いた。

どどどどっ……足音《あしおと》を立《た》てて、タヌキ軍団《ぐんだん》が突進《とっしん》してくる。

まず、狙《ねら》われたのは、プルアンナ。

よける余裕《よゆう》は、なかった。

「きゃあ！」

プルアンナは、重量級《じゅうりょうきゅう》のポンの体当《たいあ》たりを食《く》らって、宙高《ちゅうたか》くはじき飛《と》ばされてしまった。

「な、何《なに》をするの……！」

起《お》き上《あ》がろうとしたところへ、子《こ》ダヌキたちの群《む》れが襲《おそ》いかかる。

「わーい！」

「わーい！」

「追《お》いかけっこだー！」

子《こ》ダヌキたちに、敵意《てきい》はない。ただの遊《あそ》びだと思《おも》って、走《はし》り回《まわ》っている。

でも、数《かず》が多《おお》い上《うえ》に足《あし》が速《はや》いので、その攻撃力《こうげきりょく》はあなどれない。

「やめて！　きゃあ！」

プルアンナは、踏《ふ》みつけられないように逃《に》げまどった。

コンも、同《おな》じ攻撃《こうげき》をくり出《だ》した。

「行《い》くぞ、子《こ》どもたち！」

「わーい！」

「わーい！」

コンを先頭《せんとう》に、子《こ》ギツネたちが猛《もう》スピードでかけ回《まわ》る。

たちまち、敵《てき》も味方《みかた》も見分《みわ》けがつかないほどの、大乱戦《だいらんせん》となった。

カービィたちは、あわてて逃《に》げるしかなかった。

ワドルディが叫《さけ》んだ。

「カービィ、あのピンクのハートを！」

「うん、わかった！」

カービィはハートを出《だ》そうとしたが、そこへ一匹《ぴき》の子《こ》ダヌキが飛《と》び出《だ》してきた。

「わっ、あぶないよ。あっちに行《い》って」

カービィが叫《さけ》ぶと、子《こ》ダヌキはうれしそうにじゃれついた。

「あそぼー！」

それを見《み》た他《ほか》の子《こ》ダヌキや子《こ》ギツネたちも、カービィにむらがり始《はじ》めた。

どうやら、小《ちい》さくて丸《まる》いカービィを、友《とも》だちと思《おも》いこんでしまったらしい。

「わーい、わーい、あそぼー！」

「ダメだよ、はなしてよー！　ぼく、戦《たたか》ってるんだから！」

「あそぼー！」

カービィの手《て》を引《ひ》っぱり、頭《あたま》によじのぼり、ぎゅうっと抱《だ》きついてくる。

「わあ、はなしてってば！　あぶないから、あっちへ行《い》って！」

この様子《ようす》を見《み》たポンとコンは、目《め》を見合《みあ》わせて、ニヤッとした。

「今《いま》だ！」

「チャンス！」

身動《みうご》きが取《と》れないカービィに、二人《ふたり》は同時《どうじ》に飛《と》びかかった。

しかしその瞬間《しゅんかん》、カービィは子《こ》どもたちを振《ふ》りきって、高《たか》く飛《と》び上《あ》がっていた。

「ふぅ、助《たす》かった……」

一息《ひといき》ついたカービィの真下《ました》で、ゴツーン！　と大《おお》きな音《おと》がした。

カービィを狙《ねら》ったはずのポンとコンが、おたがいに頭突《ずつ》きを食《く》らわせてしまったのだ。

二人《ふたり》がかぶっているカブトもヨロイも、ひしゃげてしまうほどの衝撃《しょうげき》だった。

「……きゅううう……」

二人《ふたり》は弱々《よわよわ》しい声《こえ》を上《あ》げ、目《め》を回《まわ》してひっくり返《かえ》った。

「やった！」

ワドルディたちが、カービィにかけよった。

「すごい！　一瞬《いっしゅん》で、二人《ふたり》とも倒《たお》しちゃうなんて。さすが、カービィ！」

「ぼく、なんにもしてないけど……あ、そうだ。今《いま》のうちに」

カービィは両手《りょうて》をかざし、ピンク色《いろ》のハートを出現《しゅつげん》させた。

「えい！」

ポンとコンに投《な》げつける。

目《め》を回《まわ》していた二人《ふたり》は、たちまち、意識《いしき》を取《と》り戻《もど》した。

ぶつけた頭《あたま》をさすりながら、起《お》き上《あ》がる。

「うう、いてててて……」

「あれ？　オレたち、今《いま》、何《なに》を？」

ポンとコンは、あたりを見回《みまわ》した。その表情《ひょうじょう》に、もはや、敵意《てきい》は感《かん》じられなかった。

ワドルディが言《い》った。

「この二人《ふたり》も、あやつられていただけみたいだね。ハートのおかげで、正気《しょうき》になったんだね」

「ん？　だれだ、おまえたち」

ポンとコンは立《た》ち上《あ》がった。

カービィが言《い》った。

「ぼくは、カービィだよ」

「カービィか。いい名前《なまえ》だなあ！　オレはポンだ。よろしくな！」

「オレはコン。カービィ、おまえ、かわいいな！」

二人《ふたり》とも、ニコニコしている。たった今《いま》、子《こ》どもたちを連《つ》れて襲《おそ》いかかってきたことなんて、すっかりわすれているようだ。

ポンとコンは、ふと、あたりを見回《みまわ》して言《い》った。

「ん？　ところで、ここはどこだ？」

「オレたち、なんで、こんなところに？」

「覚《おぼ》えてないの？　ここは、えーと……あんこ要塞《ようさい》……ジャム……春巻《はるま》き……だっけ。ポンとコンは、この門《もん》の番人《ばんにん》だって言《い》ってたよ」

「番人《ばんにん》？　オレたちが？」

「まさか！　オレたち、ジャム春巻《はるま》きなんて知《し》らない……ぜ……」

コンが、頭《あたま》をさすりながら言《い》った。

「いや、待《ま》てよ。思《おも》い出《だ》してきたぞ。オレたちは、ポップスターの山《やま》の中《なか》で平和《へいわ》に暮《く》らしてたんだけど……ある日《ひ》、空《そら》からむらさき色《いろ》のかけらが落《お》ちてきたんだ」

「あ、そうだ」

ポンも、思《おも》い出《だ》したようだ。

「そいつをあびたら、急《きゅう》に気《き》が遠《とお》くなって……」

「暗黒要塞《あんこくようさい》ジャマハルダに連《つ》れてこられて、営門《えいもん》を守《まも》るように命《めい》じられたんだ！」

「だれに命《めい》じられたの？」

ポンとコンは顔《かお》を見合《みあ》わせ、ぶるっと身《み》ぶるいをして、小声《こごえ》で答《こた》えた。

「——**三魔官《さんまかん》！**」

「さんまかん？　それ、だれ？」

「しっ。大《おお》きな声《こえ》を出《だ》すなよ。三魔官《さんまかん》は、この要塞《ようさい》を守《まも》っている三人組《にんぐみ》さ」

「ものすごく強《つよ》くて、残酷《ざんこく》なんだ」

ポンとコンはふるえながら言《い》った。

ワドルディがたずねた。

「その三人組《にんぐみ》が、むらさき色《いろ》のかけらをばらまいたのかな？　そいつらが、ポップスターを侵略《しんりゃく》しようとしてるの？」

「さあ、目的《もくてき》は知《し》らないぜ。オレたちは、三魔官《さんまかん》にあやつられて、この門《もん》を守《まも》らされていただけなんだ」

「この要塞《ようさい》の中《なか》に、三人組《にんぐみ》がいるんだね」

カービィは、キッとなって門《もん》をにらみつけた。

「ポン、コン。この門《もん》を開《あ》けて」

「カービィ！　まさか、要塞《ようさい》に入《はい》るつもりなの!?」

ワドルディがおどろいて叫《さけ》んだ。カービィはうなずいた。

「うん。三魔官《さんまかん》がむらさき色《いろ》のかけらをばらまいているなら、止《と》めなくちゃ！」

「ダメだよ。突入《とつにゅう》するなら、メタナイト様《さま》と合流《ごうりゅう》しないと」

「待《ま》ってられないよ！　ぐずぐずしてたら、ポップスターがめちゃくちゃになっちゃう」

ポンが、うなずいた。

「たしかにな。三魔官《さんまかん》は危険《きけん》だ。早《はや》く止《と》めないと、たいへんなことになるぜ」

コンが言《い》った。

「気《き》をつけて行《い》けよ。三魔官《さんまかん》は、本当《ほんとう》に強《つよ》いんだ」

「だいじょーぶ！　ぼくらだって、強《つよ》いから！」

「そうよ！」

プルアンナがうなずいた。

「ためらってはいられないわ。アタシ、ポップスターの自然《しぜん》を守《まも》る！」

ビビッティアも賛成《さんせい》した。

「ワタシも行《い》くの。早《はや》くポップスターをもと通《どお》りにしないと、絵《え》を描《か》くことができないもの！」

プルアンナとビビッティアは、ワドルディにつめよった。

「ワドルディ、行《い》きたくないなら、ここで待《ま》ってなさいな」

「そーよ！　ワタシたち三人《にん》で、パパパッと敵《てき》をかたづけちゃうんだから」

「う……う……ううん、ぼくも行《い》くよ」

ワドルディは、カービィを見《み》た。

「カービィには、ぼくがついていないとダメだから……」

「あはは、ワドルディったら！」

カービィはおもしろがって、くるっと宙返《ちゅうがえ》りをした。

カービィだけでなく、プルアンナもビビッティアも、思《おも》い立《た》ったら止《と》まらない暴走《ぼうそう》タイプだ。この三人《にん》だけで要塞《ようさい》に突入《とつにゅう》させたら、どんなことになるかわからない。

メタナイト様《さま》と合流《ごうりゅう》できるまで、なんとか自分《じぶん》が引《ひ》きしめないと……と、ワドルディは決意《けつい》を固《かた》めていた。

コンが言《い》った。

「それじゃ、門《もん》を開《あ》けるぜ」

「うん！」

「気《き》をつけろよ。要塞《ようさい》の中《なか》には、三魔官《さんまかん》だけじゃなく、危険《きけん》なヤツらがうじゃうじゃいるんだ」

「だいじょーぶ！」

ポンとコンは、門《もん》の前《まえ》で手《て》をかざし、何《なに》やら呪文《じゅもん》をとなえた。

とびらの中央《ちゅうおう》に刻《きざ》まれている赤《あか》い目《め》の紋章《もんしょう》が、カッと光《ひか》った。

重々《おもおも》しい音《おと》を立《た》てて、とびらが開《ひら》いた。

「行《い》くよー！」

カービィは一瞬《いっしゅん》のためらいもなく、要塞《ようさい》の中《なか》へ飛《と》びこんでいった。

「あ、待《ま》って、カービィ！」

「急《いそ》いだら、あぶないってば〜！」

ワドルディたちも、カービィを追《お》う。

ポンとコンが不安《ふあん》そうに見守《みまも》る中《なか》、いよいよ四人《にん》は、敵《てき》の本拠地《ほんきょち》に乗《の》りこんだ。

7 三《さん》魔《ま》官《かん》、登《とう》場《じょう》！

暗黒要塞《あんこくようさい》ジャマハルダ。

だれが、どんな目的《もくてき》で造《つく》った要塞《ようさい》なのか、カービィたちはまだ知《し》らない。

その造《つく》りはとても堅固《けんご》で、いかめしかった。

要塞《ようさい》の中《なか》は静《しず》まり返《かえ》っている。聞《き》こえるのは、カービィたちの足音《あしおと》だけ。

ぽつぽつと、青白《あおじろ》い炎《ほのお》が燃《も》える回廊《かいろう》を、カービィたちは元気《げんき》よく進《すす》んでいった。

ワドルディだけが、用心深《ようじんぶか》く、カサをかまえながら周囲《しゅうい》を見回《みまわ》している。

「どこから敵《てき》が襲《おそ》ってくるか、わからないからね。気《き》をつけて進《すす》まなくちゃ……わあ、カービィ！」

ワドルディが用心《ようじん》している間《あいだ》に、カービィたち三人《にん》はどんどん先《さき》へ進《すす》んでいる。

「へーき、へーき。だれもいないよ」

「油断《ゆだん》しちゃダメだよ。ポンたちが言《い》ってたじゃないか。要塞《ようさい》の中《なか》には、強《つよ》い敵《てき》がうじゃうじゃいるって……」

いきなり、ワドルディの目《め》の前《まえ》に、長《なが》い棒《ぼう》が突《つ》き出《だ》された。

「わわっ!?」

ワドルディは、びっくりして、ひっくり返《かえ》った。

「――侵入者《しんにゅうしゃ》、発見《はっけん》」

低《ひく》い声《こえ》がひびき、棒《ぼう》を持《も》った生《い》き物《もの》が姿《すがた》をあらわした。

顔《かお》の下半分《したはんぶん》を布《ぬの》でおおい、目《め》だけをギョロリと光《ひか》らせている。

目《め》の光《ひかり》はするどいが、そこに生気《せいき》は感《かん》じられない。

その生《い》き物《もの》は、無表情《むひょうじょう》のまま、ワドルディに向《む》かって棒《ぼう》を振《ふ》り下《お》ろした。

ワドルディはとっさにパラソルでふせぎ、床《ゆか》に転《ころ》がった。

カービィたちがかけつけてきた。

棒《ぼう》を持《も》った敵《てき》は、すばやくカービィたちに向《む》き直《なお》った。

「侵入者《しんにゅうしゃ》、排除《はいじょ》」

冷《つめ》たい声《こえ》で言《い》って、棒《ぼう》を振《ふ》り下《お》ろす。

「そうはさせないんだから！」

ビビッティアは棒《ぼう》の攻撃《こうげき》をかわし、髪《かみ》をふり上《あ》げた。

「絵《え》ふでスラッシュ！」

髪《かみ》の先《さき》から、カラフルな絵《え》の具《ぐ》が飛《と》び散《ち》る。

けれど、敵《てき》は長《なが》い棒《ぼう》を床《ゆか》にトンとついて、はずみで飛《と》び上《あ》がった。

流《なが》れるような、なめらかな動《うご》きだ。

「あ、あれ？　どこへ行《い》ったの……？」

ビビッティアは敵《てき》の姿《すがた》を見失《みうしな》い、きょろきょろした。

敵《てき》は空中《くうちゅう》で棒《ぼう》をかまえ直《なお》し、ビビッティアめがけて、強烈《きょうれつ》な突《つ》きをくり出《だ》した。

「きゃあああ！」

ビビッテイアは一撃《いちげき》を食《く》らって、柱《はしら》にたたきつけられてしまった。

「何《なに》をするの！　**ウェーブショッ……！**」

プルアンナが反撃《はんげき》しようとしたが、敵《てき》のほうが動《うご》きが速《はや》い。

水《みず》をはき出《だ》す前《まえ》に、敵《てき》の棒《ぼう》でめった打《う》ちにされてしまった。

「ビビッテイア！　プルアンナ！　だいじょーぶ!?」

カービィは叫《さけ》び、二人《ふたり》にかけよろうとした。

しかし、敵《てき》はカービィの前《まえ》に飛《と》び下《お》りてきて、棒《ぼう》を突《つ》きつけた。

「**ぼうじゅつらんぶ**」

短《みじか》くつぶやいて、目《め》にもとまらぬ速《はや》さで、棒《ぼう》を振《ふ》り回《まわ》してくる。

「わ、わ、わ」

カービィは、飛《と》び回《まわ》ってかわすのが、せいいっぱい。じりじりと後退《こうたい》した。

ぐったりして床《ゆか》にたおれたプルアンナが、つぶやいた。

「つ、強《つよ》すぎる……こいつが、三魔官《さんまかん》なの……？」

その名《な》を耳《みみ》にした敵《てき》は、ぴくっと反応《はんのう》した。

「三魔官様《さんまかんさま》のことを、軽々《かるがる》しく口《くち》にするな。キサマ、排除《はいじょ》する！」

長《なが》い棒《ぼう》で、プルアンナを打《う》ちすえようとする。

カービィは、とっさにプルアンナの前《まえ》におどり出《で》た。

「やめろ！　たぁ！」

ソードをかざし、振《ふ》り上《あ》げた。

けれど、剣《けん》よりも棒《ぼう》のほうが長《なが》い。

カービィの剣《けん》が届《とど》く前《まえ》に、棒《ぼう》が打《う》ち下《お》ろされた。

棒《ぼう》は、カービィの頭《あたま》を一撃《いちげき》！

その衝撃《しょうげき》で、ソードのコピー能力《のうりょく》がはずれ、剣《けん》が転《ころ》がり出《で》てきた。

敵《てき》は、突然《とつぜん》あらわれた剣《けん》におどろいたようだった。

「なんだ、これは？」

カービィは、急《いそ》いで剣《けん》を吸《す》いこみ直《なお》そうとした。

それに気《き》づいた敵《てき》は、すばやく棒《ぼう》を振《ふ》り、剣《けん》をはじき飛《と》ばしてしまった。

「あっ、剣《けん》が……！」

「……そうか、わかったぞ」

敵《てき》は、カービィの能力《のうりょく》に気《き》づいたらしい。棒《ぼう》をかまえて、つぶやいた。

「オマエは、武器《ぶき》を吸《す》いこんで、能力《のうりょく》をコピーすることができるんだな。武器《ぶき》なしでは、戦《たたか》えないってことか」

敵《てき》の言《い》うとおりだった。

コピー能力《のうりょく》を持《も》たない「すっぴん」の時《とき》のカービィには、戦《たたか》う力《ちから》がほとんどない。もちまえの身軽《みがる》さで、飛《と》び回《まわ》ることだけは得意《とくい》だけれど、手《て》ごわい敵《てき》にダメージを与《あた》えることはできない。

「フッ……とどめを刺《さ》してやる」

敵《てき》は棒《ぼう》を振《ふ》り上《あ》げた。

「カービィ！」

ワドルディが血相《けっそう》を変《か》えてかけより、パラソルを振《ふ》り上《あ》げた。

「このぉ！　ぼくが相手《あいて》だ！　えい！　えい！」

パラソルを振《ふ》り回《まわ》し、敵《てき》に挑《いど》む。

けれど、ワドルディはもともと戦《たたか》いが苦手《にがて》。

武器《ぶき》にしているパラソルは、たいした攻撃力《こうげきりょく》がない。しかも、修理《しゅうり》が間《ま》に合《あ》っておらず、骨《ほね》が何本《なんぼん》か折《お》れたまま。

パワフルな棒使《ぼうつか》いには、まるで歯《は》が立《た》たなかった。

「――うるさい」

敵《てき》はうっとうしそうにつぶやき、棒《ぼう》を振《ふ》った。

ワドルディのパラソルは、一撃《いちげき》で骨《ほね》をすべてくだかれ、こわれてしまった。

「ワドルディ!」

カービィは、叫《さけ》びながら、両手《りょうて》をかかげた。

カービィが何《なに》をしようとしているのか、気《き》づいたワドルディは叫《さけ》んだ。

「ムリだよ、カービィ! こいつにハートは効《き》かないよ!」

敵《てき》は、まったくの無表情《むひょうじょう》。感情《かんじょう》が宿《やど》っているとは思《おも》えない、キカイのような存在《そんざい》だ。

ビビッティアやプルアンナとは、まるっきりちがう存在《そんざい》なのだ。こころを持《も》たない者《もの》に、ピンクのハートは通用《つうよう》するまい。

こいつを倒《たお》すためには、全力攻撃《ぜんりょくこうげき》しかない。

けれど、カービィはピンクのハートを投《な》げつけた。

敵《てき》は棒《ぼう》を振《ふ》り回《まわ》し、ハートをはじき飛《と》ばした。

「排除《はいじょ》！」

カービィに向《む》けて、棒《ぼう》を振《ふ》り下《お》ろしてくる。

そのとき、柱《はしら》にもたれかかっていたビビッティアが、よろめきながら起《お》き上《あ》がった。

「カービィ……ワタシを……吸《す》いこんで！」

「ビビッティア!?」

「ワタシの力《ちから》を……カービィに……」

ビビッティアは大《だい》ダメージを受《う》けて、弱《よわ》りきっている。自分《じぶん》の力《ちから》で戦《たたか》うことはできそうにない。

だから、カービィに力《ちから》を与《あた》えようとしているのだ。

カービィは、うなずいた。

「わかった、ありがとう、ビビッティア！」

カービィは、ビビッティアを吸《す》いこんだ。

カービィの姿《すがた》が変化《へんか》した。頭《あたま》には、ビビッティアがかぶっていたのと同《おな》じ、ベレー帽《ぼう》。手《て》に持《も》つのは、七色《なないろ》の絵《え》の具《ぐ》をのせた絵《え》ふで。

アーティストのコピー能力《のうりょく》だ。

敵《てき》は、カービィを見《み》てあざ笑《わら》った。

「なんだ、その絵《え》ふでは。そんな物《もの》で、戦《たたか》う気《き》か？」

「ただの絵《え》ふでじゃないよ。行《い》くぞー！　**絵《え》ふでスラッシュ！**」

カービィは、絵《え》ふでをひと振《ふ》り。

ふでの先《さき》から、カラフルな絵《え》の具《ぐ》が飛《と》び散《ち》った。

剣《けん》の攻撃《こうげき》なら、棒《ぼう》でふせぐことができるけれど、飛《と》び散《ち》る絵《え》の具《ぐ》はふせげない。

「うっ！」

絵《え》の具《ぐ》が降《ふ》りかかり、敵《てき》は棒《ぼう》を取《と》り落《お》とした。

「なんだ、これは……目《め》が……目《め》が見《み》えない……！」

「よーし、今《いま》だ！」

カービィは叫《さけ》び、二つ目《め》のハートを敵《てき》に投《な》げつけた。

今度《こんど》は、敵《てき》もかわしきれない。

ピンクのハートを食《く》らって、うずくまってしまった。

ワドルディは、はね起《お》きた。プルアンナも、冷《ひ》や汗《あせ》をぬぐって、からだを起《お》こした。

「敵《てき》が止《と》まった！　今《いま》よ、カービィ、とどめを！」

プルアンナの声《こえ》に、カービィはかぶりを振《ふ》った。

「ううん。ピンクのハートが当《あ》たったんだ。友《とも》だちになれるよ」

「ムリよ！　こいつは、三魔官《さんまかん》の手先《てさき》。こころがないのよ。友《とも》だちになんか、なれないわ！」

カービィたちは、敵《てき》に目《め》を向《む》けた。

敵《てき》はすわりこみ、目《め》をこすっている。絵《え》の具《ぐ》のせいで、まだ見《み》えないようだ。

「プルアンナ、洗《あら》ってあげてよ」

カービィがたのむと、プルアンナは、とんでもないとばかりに首《くび》を振《ふ》った。

「そんなことしたら、また、襲《おそ》いかかってくるに決《き》まってるわ。今《いま》のうちに、やっつけなきゃ」

「そんなことないよ。もう、友《とも》だちだもん」

「……カービィったら、お人《ひと》よしなんだから。しかたないわね」

プルアンナは、油断《ゆだん》なくかまえながら水《みず》をはき出《だ》し、敵《てき》の頭《あたま》から浴《あ》びせかけた。

絵《え》の具《ぐ》が流《なが》れ落《お》ち、敵《てき》は目《め》を開《ひら》いた。

ぱちぱちと、何度《なんど》もまばたきをしている。そのうちに、変化《へんか》があらわれた。

冷《つめ》たい石《いし》のようだったひとみに、感情《かんじょう》が宿《やど》る。

おどろいたような、困《こま》ったような目《め》が、カービィに向《む》けられた。

「オ……マエ……侵入者《しんにゅうしゃ》……め……」

棒《ぼう》を取《と》り直《なお》したが、その手《て》はふるえていた。

カービィは言《い》った。

「こんにちは！　ぼく、カービィっていうんだ」

「カー……ビィ……？」

敵《てき》は、とまどったように立《た》ちつくしている。

ワドルディとプルアンナはまだ警戒《けいかい》をとかず、カービィによりそった。

敵《てき》は、苦《くる》しそうに言《い》った。

「ボ……ボクは……ボクは、ジャハルビート……」

「よろしくね、ジャハルビート！」

カービィが言《い》うと、ジャハルビートは力《ちから》が抜《ぬ》けてしまったように、棒《ぼう》を取《と》り落《お》とした。

「な……何《なん》なんだ、オマエは……？」

「カービィだよ。こっちはプルアンナと、ワドルディ」

「オマエら、何者《なにもの》なんだ？　何《なに》が目的《もくてき》だ？」

「ぼくら、三魔官《さんまかん》ってヤツらを止《と》めにきたんだ」

「三魔官様《さんまかんさま》を……？」

ジャハルビートはハッとして、落《お》とした棒《ぼう》をひろい上《あ》げた。

顔《かお》つきがけわしくなった。

ただ、前《まえ》のような無表情《むひょうじょう》ではない。怒《いか》りの気《き》もちが、はっきりにじみ出《で》た表情《ひょうじょう》だった。

「オマエら、三魔官様《さんまかんさま》のジャマをするつもりなら、許《ゆる》さないぞ。追《お》い出《だ》してやる！」

「もう、戦《たたか》わないよ」

カービィは絵《え》ふでをしまって、続《つづ》けた。

「ぼくら、三魔官《さんまかん》のわるだくみを止《と》めたいだけなんだ。ジャハルビート、ぼくらを三魔官《さんまかん》のところに連《つ》れていってよ」

「な……なんだとぉ……そんなこと、できるか！　ボクが、オマエらを食《く》い止《と》める！」

ジャハルビートは棒《ぼう》を振《ふ》り上《あ》げたが、カービィが武器《ぶき》を取《と》ろうとしないのを見《み》て、はずかしそうにもじもじした。

「な、なんだよ。絵《え》ふでを出《だ》せよ！」

「いやだよ。もう戦《たたか》いたくないもん」

「う……このぉ……ヘンなヤツだな……調子《ちょうし》がくるうぞ……」

ジャハルビートはブツブツとぼやいた。

カービィは言《い》った。

「おねがいだよ、ジャハルビート。三魔官《さんまかん》のせいで、ぼくの友《とも》だちがどんどんおかしくなっているんだ。友《とも》だちを助《たす》けたいんだ。だから、三魔官《さんまかん》に会《あ》わせて」

「友《とも》だち……」

ジャハルビートはカービィを、そしてワドルディとプルアンナを見《み》た。

その目《め》が、少《すこ》しかげった。

ジャハルビートは、なぜか、不安《ふあん》になったようだった。

「……なんだよ、友《とも》だちって……なんだよ、それ……くっ、わけがわからない」

ジャハルビートは、迷《まよ》いを払《はら》うように、頭《あたま》を大《おお》きく振《ふ》った。

「ついてこい。三魔官様《さんまかんさま》のもとへ、案内《あんない》してやる」

「ほんと？　わーい、ありがとう、ジャハルビート！」

「れ、礼《れい》なんか言《い》うな！　べつに、オマエのためじゃないからな。ボクは、この暗黒要塞《あんこくようさい》ジャマハルダの兵士《へいし》として、つとめを果《は》たすだけなんだから」

ジャハルビートは歩《ある》き出《だ》した。

カービィははずむ足《あし》どりで続《つづ》こうとしたが、プルアンナが小声《こごえ》で言《い》った。

「ちょっと待《ま》って、カービィ。ついていって、だいじょうぶ？」

「え？　なあに？」

「アイツ、信用《しんよう》できないわ。アタシたちをワナにかけて、三魔官《さんまかん》に引《ひ》き渡《わた》すつもりかも」

「そんなことないよ。ジャハルビートは、友《とも》だちになったんだもん」

「もう！　お人《ひと》よしすぎるわ、カービィったら」

プルアンナはあきれたが、ワドルディが言《い》った。

「それが、カービィのいいところだよ。ぼく、カービィを信《しん》じるよ」

「うーん……わかったわよ」

プルアンナも、しかたなくうなずいた。

歩《ある》きながら、ジャハルビートが言《い》った。

「最初《さいしょ》にお会《あ》いするのは、凝視乃回廊《ぎょうしのかいろう》におられるフラン・キッス様《さま》だ。くれぐれも、失礼《しつれい》のないようにな」

「フラン・キッス？」

「フラン・キッス様《さま》とお呼《よ》びするんだ。とても冷《つめ》たくて、きびしい方《かた》だからな。少《すこ》しでも失礼《しつれい》があったら、氷《こおり》づけにされちゃうぞ」

プルアンナとワドルディは心配《しんぱい》そうな顔《かお》になったが、カービィはあいかわらず。

「氷《こおり》？　ぼく、かき氷大好《ごおりだいす》き！　いちごシロップに、れんにゅうをかけて、白玉《しらたま》をのせたやつが好《す》きだな。ジャハルビートは、なんの味《あじ》が好《す》き？」

「ボクは、まっ茶《ちゃ》あずき……い、いや、そんなことはどうでもいい。ついたぞ」

ジャハルビートは足《あし》を止《と》めた。

回廊《かいろう》の幅《はば》が広《ひろ》がって、広間《ひろま》のようになっている。

柱《はしら》にともされたいくつもの炎《ほのお》が、カービィたちをじっと見下《みお》ろしているかのようだった。

「ここが、ぎょーしのかいろう……？」

カービィは、きょろきょろした。

と――。

ふいに、カービィたちの頭上《ずじょう》に、冷《つめ》たい突風《とっぷう》が吹《ふ》いた。

ジャハルビートは、あわててひれふした。

風《かぜ》が吹《ふ》きすぎた後《あと》に、人影《ひとかげ》が出現《しゅつげん》していた。

美《うつく》しい青《あお》い髪《かみ》をなびかせた女性《じょせい》だ。ジャハルビートと同《おな》じように、口《くち》もとを布《ぬの》でおおい、大《おお》きなぼうしをかぶっている。二つのひとみは、冬《ふゆ》の星《ほし》のように、冷《つめ》たくきらめいていた。

彼女《かのじょ》は両手《りょうて》を胸《むね》の前《まえ》で交差《こうさ》させ、大《おお》げさに一礼《いちれい》して言《い》った。

「……ジャマハローア」

おちつきはらった、美《うつく》しい声《こえ》だった。

「フフッ。これは、われわれの星《ほし》のあいさつですわ」

「……こんにちは……ジャム、ババローア！」

カービィは片手《かたて》を上《あ》げ、相手《あいて》をまねてあいさつを返《かえ》したが、女性《じょせい》は無視《むし》して続《つづ》けた。

「ワタクシは、暗黒要塞《あんこくようさい》ジャマハルダを指揮《しき》する三魔官《さんまかん》が一人《ひとり》、フラン・キッス」

ワドルディとプルアンナは、おどろきで声《こえ》も出《で》なかった。

とても強《つよ》くて残酷《ざんこく》だという三魔官《さんまかん》。てっきり、恐《おそ》ろしい化《ば》け物《もの》だと思《おも》っていたのに、まさかこんなに美《うつく》しい女性《じょせい》だなんて。

ひれふしたジャハルビートが、ブルブルふるえながら言《い》った。

「フ、フラン・キッス様《さま》。この者《もの》たちは、ポップスターの住民《じゅうみん》です。三魔官様《さんまかんさま》にお話《はな》ししたいことがあるというので、連《つ》れてまいりました……」

「おだまりなさい」

フラン・キッスは片手《かたて》を振《ふ》り下《お》ろした。

指先《ゆびさき》から、冷気《れいき》が放《はな》たれ、ジャハルビートを直撃《ちょくげき》した。

ジャハルビートは、どぉっとひっくり返《かえ》った。

カービィはびっくりして叫《さけ》んだ。

「何《なに》をするんだ！」

「この要塞《ようさい》に侵入《しんにゅう》を許《ゆる》すなんて、無能《むのう》のきわみ」

フラン・キッスは、こともなげに言《い》い放《はな》った。

「要塞《ようさい》を守《まも》る兵士《へいし》として失格《しっかく》です。おろか者《もの》に、バツを与《あた》えたまで」

カービィは、フラン・キッスをにらみつけた。

ジャハルビートは、三魔官《さんまかん》を尊敬《そんけい》していた。この要塞《ようさい》の兵士《へいし》として、まじめにはたらいていた。

それなのに、いきなりこんな仕打《しう》ちをするなんて。

カービィの視線《しせん》を受《う》けて、フラン・キッスは言《い》った。

「ムダな殺生《せっしょう》はしたくありませんが、ジャマだてするのであれば……」

フラン・キッスは、左手《ひだりて》を振《ふ》り上《あ》げた。

そこに、巨大《きょだい》なオノがあらわれた。

「氷《こおり》づけにしてさしあげますわ！」

フラン・キッスの表情《ひょうじょう》が変《か》わった。

ひとみに凶悪《きょうあく》な光《ひかり》が宿《やど》り、全身《ぜんしん》に殺気《さっき》がみなぎる。

「ハァァァッ——！」

するどい気合《きあ》いとともに、フラン・キッスはオノを振《ふ》り下《お》ろした。

「わあっ！」

カービィはとっさに転《ころ》がって、攻撃《こうげき》をかわした。

「ハァッ!」

かんはついれず、フラン・キッスはオノを振《ふ》り上《あ》げた。

目《め》にもとまらぬ、二段攻撃《だんこうげき》。

カービィはよけきれず、オノの一撃《いちげき》を受《う》けて、ふっ飛《と》ばされた。

「カービィ!」

ワドルディが叫《さけ》んで、かけよろうとした。

そこへ、フラン・キッスはオノを水平《すいへい》にかまえ、襲《おそ》いかかった。

「ハアアッ!」

ワドルディは声《こえ》を上《あ》げることもできずに、はじき飛《と》ばされてしまった。

プルアンナは、ふるえ上《あ》がった。

「な、なんて強《つよ》いの。これが三魔官《さんまかん》……!」

フラン・キッスは、プルアンナに向《む》き合《あ》った。

凍《い》てつく視線《しせん》が、プルアンナを見《み》つめる。

プルアンナはおじけづき、動《うご》けなくなってしまった。

「フフ……失《う》せなさい！」

フラン・キッスはほほえみながら、オノを投《な》げつけた。

そこへ、カービィが飛《と》び出《だ》した。

「たぁ！」

カービィはプルアンナに飛《と》びついて床《ゆか》に転《ころ》がり、オノをよけた。

ワドルディも起《お》き上《あ》がって、こわれたパラソルを振《ふ》り回《まわ》した。

フラン・キッスは、ふゆかいそうに言《い》った。

「そのような攻撃《こうげき》が、氷華《ひょうか》の三魔官《さんまかん》フラン・キッスに通用《つうよう》するとでも思《おも》ってますの？　おろか者《もの》たち」

フラン・キッスは、片手《かたて》を上《あ》げた。

オノにかわって、その手《て》ににぎられているのは、青《あお》い銃《じゅう》だった。

フラン・キッスは銃《じゅう》を大《おお》きく振《ふ》ると、銃口《じゅうこう》を三人《にん》に向《む》けた。

「覚悟《かくご》なさい！」

ひきがねに指《ゆび》をかけた、その瞬間《しゅんかん》。

「あぶない、カービィ！」

ひびきわたった声《こえ》は——なんと、ジャハルビートのものだった。

ジャハルビートは飛《と》び上《あ》がって、フラン・キッスの手《て》にしがみついた。

銃口《じゅうこう》から放《はな》たれた水流《すいりゅう》は、狙《ねら》いをそらされ、天井《てんじょう》に命中《めいちゅう》した。

思《おも》いがけないジャマが入《はい》って、フラン・キッスはあせりの表情《ひょうじょう》を見《み》せた。

「な、何《なに》をしますの!?　兵士《へいし》のぶんざいで、ワタクシに歯向《はむ》かうなんて!?」

「やめてください、フラン・キッス様《さま》。カービィたちの話《はなし》を聞《き》いて……！」

「おはなしなさい、ぶれい者《もの》！」

フラン・キッスは、ジャハルビートを突《つ》き飛《と》ばした。

ジャハルビートは床《ゆか》にたおれた。

けれど、カービィは一瞬《いっしゅん》のすきを逃《のが》さなかった。

「食《く》らえ、**絵《え》ふでスラッシュ！**」

七色《なないろ》の絵《え》の具《ぐ》が飛《と》び散《ち》る。

「そんなもの、通《つう》じませんわ！」

フラン・キッスはあざ笑《わら》い、青《あお》い銃《じゅう》をカービィに向《む》けようとした。

しかし。

次《つぎ》の瞬間《しゅんかん》、フラン・キッスは悲鳴《ひめい》を上《あ》げて、銃《じゅう》を放《ほう》り出《だ》していた。

「きゃ！　絵《え》の具《ぐ》が！　絵《え》の具《ぐ》が、髪《かみ》に！」

飛《と》び散《ち》った絵《え》の具《ぐ》が、フラン・キッスの美《うつく》しい髪《かみ》に、べっとりと付《つ》いてしまったのだ。

「何《なに》をしますのー！　ワタクシの髪《かみ》が！」

フラン・キッスはあわてふためき、戦《たたか》いをわすれたように、髪《かみ》をなでつけ始《はじ》めた。

「ああん、取《と》れませんわー！　ひどい！　許《ゆる》せませんわ！」

「よぉし、次《つぎ》の攻撃《こうげき》！」

カービィは絵《え》ふでを放《ほう》り出《だ》して叫《さけ》んだ。

「**スカルプチャー！**」

すると、空中《くうちゅう》に巨大《きょだい》な石《いし》が出現《しゅつげん》した。

ワドルディがおどろいてたずねた。

「石《いし》……？　何《なに》をするの、カービィ？」

「ビビッティアみたいに、芸術作品《げいじゅつさくひん》を作《つく》っちゃうんだ。それ、それ、それっと」

カービィは石《いし》をザクザクときざみ、あっというまに石像《せきぞう》を作《つく》り上《あ》げた。

「できたー！」

「そ……それ、何《なん》の像《ぞう》？　まさかとは思《おも》うけど……」

ワドルディがおそるおそるたずねると、カービィは自信《じしん》たっぷりに答《こた》えた。

「見《み》ればわかるでしょ。デデデ大王《だいおう》だよ！」

「う、うーん……」

ワドルディは、感想《かんそう》に困《こま》った。

残念《ざんねん》ながら、あんまり良《よ》い出来《でき》ではない。顔《かお》はゆがんでいるし、おなかが大《おお》きすぎる。

デデデ大王《だいおう》が見《み》たら、怒《いか》りくるいそうだ。

しかし、カービィは得意《とくい》げに言《い》った。

「本物《ほんもの》よりかっこ良《よ》すぎるけど、しょうがないよね。芸術《げいじゅつ》だから！」

一方《いっぽう》、フラン・キッスはようやく髪《かみ》についた絵《え》の具《ぐ》を落《お》とし、青《あお》い銃《じゅう》を手《て》にしていた。

怒《いか》りに満《み》ちた目《め》でカービィをにらみつけ、フラン・キッスは叫《さけ》んだ。

「ワタクシの髪《かみ》を痛《いた》めつけたバツですわ。食《く》らいなさい、**シェイキングソーダ！**」

青《あお》い銃《じゅう》から、パチパチと泡立《あわだ》つソーダ水《すい》がふき出《だ》す。

「こっちも行《い》くよ！　**じょうねつのはかい！**」

カービィは、デデデ大王《だいおう》の石像《せきぞう》をかつぎ上《あ》げ、ぶん投《な》げた。

ソーダ水《すい》の激流《げきりゅう》も、石像《せきぞう》には通用《つうよう》しない。石像《せきぞう》は、フラン・キッスの頭上《ずじょう》に叩《たた》きつけられ、粉々《こなごな》にくだけ散《ち》った。

「きゃあああああああ！」

さすがの氷華《ひょうか》の三魔官《さんまかん》も、これには耐《た》えら

れない。

悲鳴《ひめい》を上《あ》げて、床《ゆか》にたおれてしまった。

「フ、フラン・キッス様《さま》……！」

ジャハルビートが助《たす》け起《お》こそうとしたが、フラン・キッスはその手《て》をはねのけ、からだを起《お》こした。

今《いま》の一撃《いちげき》で、からだは傷《きず》だらけになり、足元《あしもと》がヨロヨロしている。けれど、冷《つめ》たい目《め》の光《ひかり》に変《か》わりはなかった。

おちつきはらった口調《くちょう》で、フラン・キッスは言《い》った。

「ここは撤退《てったい》しましょう。けれど、いい気《き》にならないことですわ。われわれの悲願《ひがん》は、まもなくかなうのですから！」

フラン・キッスは、ぼうぜんと立《た》ちすくんでいるジャハルビートを見下《みお》ろした。

「ワタクシに逆《さか》らったおろか者《もの》よ、消《き》え失《う》せなさい。もはや、おまえを部下《ぶか》とはみとめませんわ」

「フラン・キッス様《さま》！　お、お許《ゆる》しを……」

ジャハルビートは取《と》りすがろうとしたが、フラン・キッスはすばやく飛《と》び上《あ》がった。

あらわれた時《とき》と同《おな》じように、冷《つめ》たい風《かぜ》が吹《ふ》き抜《ぬ》けた。

フラン・キッスは、またたく間《ま》に姿《すがた》を消《け》していた。

ジャハルビートは、ヘナヘナとうずくまってしまった。その目《め》に、じわっと大《おお》つぶの涙《なみだ》があふれた。

カービィは、ジャハルビートに歩《あゆ》みよった。

「ジャハルビート、ありがとう！」

「あ、あっち へ行《い》け！」

ジャハルビートは顔《かお》をふせ、カービィをどなりつけた。

「オマエらに味方《みかた》する気《き》なんか、なかったんだ。なのに……なのに、夢中《むちゅう》で飛《と》び出《だ》してしまって……ボクは、どうしてあんなことを……！」

「友《とも》だちになったからでしょ。だから、助《たす》けてくれたんだよね」

「う、うるさい！　友《とも》だちなんかじゃない！　うるさい……うう……」

ジャハルビートは、泣《な》きじゃくりながら言《い》った。

「フラン・キッス様《さま》に見放《みはな》されてしまった。もう、部下《ぶか》には戻《もど》れない……」

「だったら、ぼくらといっしょに行《い》こうよ！」

カービィはそう言《い》って、ジャハルビートに手《て》を差《さ》し出《だ》した。

「……え？　オマエらと？」

「うん。友《とも》だちになったんだもん、いっしょに行《い》こう！」

「だ、だれが……オマエらなんかと……！　なんかと……」

ジャハルビートはためらっていたが、カービィはおかまいなし。

「次《つぎ》の三魔官《さんまかん》は、なんていう名前《なまえ》？」

「え……えっと……あの……」

「とにかく、行《い》くよー！」

カービィは、もうさっさと歩《ある》き出《だ》している。

ジャハルビートは、ぐずぐず言《い》いながら後《あと》に続《つづ》いた。

「ボ、ボクは……友《とも》だちじゃ……友《とも》だちなんかじゃないんだからな……！」

「棒《ぼう》をわすれてるよ、ジャハルビート」

ワドルディが、落《お》ちている棒《ぼう》をひろって、ジャハルビートに手《て》わたした。

「あ……ありがと……えーと……」

「ぼく、ワドルディだよ」

「あ……ありがとう、ワドルディ」

プルアンナが言《い》った。

「もう、しっかりしなさいよね。アタシの足《あし》を引《ひ》っぱったら、承知《しょうち》しないから」

「う……う、うん……」

「さ、行《い》くわよ！」

プルアンナにせっつかれ、ジャハルビートは照《て》れくさそうにうなずいて、足《あし》を速《はや》めた。

8 強敵《きょうてき》だらけのジャマハルダ

「次《つぎ》は、業火《ごうか》の三魔官《さんまかん》、フラン・ルージュ様《さま》」

回廊《かいろう》を歩《ある》きながら、ジャハルビートは話《はな》した。

「とても熱《あつ》くて、激《はげ》しい性格《せいかく》のお方《かた》なんだ。一瞬《いっしゅん》でも油断《ゆだん》したら、炎《ほのお》で焼《や》きつくされちゃうぞ」

「へーき、へーき。ぼく、焼《や》き肉《にく》も焼《や》きイモも、大好《だいす》きだから」

カービィは、あいかわらずのんきだ。

ワドルディが言《い》った。

「一つ、気《き》になったことがあるんだけど」

「なんだ」

「さっき、フラン・キッスが『まもなく悲願《ひがん》がかなう』って言《い》ってたよね。悲願《ひがん》って、どんなこと？」

「それは……」

ジャハルビートは口《くち》ごもった。

プルアンナが言《い》った。

「そんなの、わかってるわ。ポップスターじゅうにむらさき色《いろ》のハートをばらまいて、みんなをおかしくすることでしょ。許《ゆる》せない！」

「そうじゃない。オマエたちは、かんちがいしてるんだ」

ジャハルビートは頭《あたま》を振《ふ》った。

「逆《ぎゃく》だ。三魔官様《さんまかんさま》たちは、ばらまいてるんじゃなくて、集《あつ》めているんだ」

「え？」

「銀河《ぎんが》に飛《と》び散《ち》ってしまったジャマハートを、すべて回収《かいしゅう》しなきゃいけないんだ」

「ジャマハート？　それが、むらさき色《いろ》のハートの名前《なまえ》なの？　回収《かいしゅう》するって、どういうこと？」

「……うん……えっと……」

ジャハルビートは、しばらく迷《まよ》っていたが、ぽつりぽつりと説明《せつめい》を始《はじ》めた。

「ボクらは、とあるお方《かた》を尊敬《そんけい》している。銀河《ぎんが》でいちばん偉大《いだい》なお方《かた》なんだ」

「三魔官《さんまかん》のこと？」

「いや、ちがう。三魔官様《さんまかんさま》たちよりも、さらに高《たか》みにいるお方《かた》だ。三魔官様《さんまかんさま》たちは、そのお方《かた》の命令《めいれい》にしたがって、ジャマハートのかけらを集《あつ》めているんだ」

「なーんだ！」

カービィは笑顔《えがお》になった。

「だったら、そう言《い》えばいいのに。ジャマハートを全部集《ぜんぶあつ》めて、持《も》ってってくれたら、ぼくらだって大助《おおだす》かりだよ。ぼくら、ジャマハートを集《あつ》めるの、お手伝《てつだ》いするよ」

「……そうはいかない」

ジャハルビートは、また暗《くら》い表情《ひょうじょう》になった。

「ジャマハートは、ボクら一族《いちぞく》に伝《つた》わる神聖《しんせい》なヒミツなんだ。他《ほか》の者《もの》の手《て》を借《か》りるなんて、もってのほかだ」

「ふぅん？　でも、みんなで探《さが》したほうが、早《はや》く集《あつ》められるよ。ぼくらがお手伝《てつだ》いしたほうが……」

「ダメなんだ。そんなこと、許《ゆる》されるはずがない」

「どーして？」

「どーしてと言《い》われても……その……」

ジャハルビートは説明《せつめい》に困《こま》り、棒《ぼう》を振《ふ》って言《い》った。

「フンッ、話《はなし》は後《あと》だ！　ついたぞ」

「え？　ここが？」

「フラン・ルージュ様《さま》がおられる、中央深部《ちゅうおうしんぶ》さ」

ジャハルビートはカービィたちを振《ふ》り返《かえ》った。

「ここまできたら、戦《たたか》いはさけられない。覚悟《かくご》はいいな」

「もちろん！」

「では……」

とびらを開《あ》けようとしたジャハルビートに、プルアンナが問《と》いかけた。

「アナタは、どうするの？」

「……なに？」

「アタシたちは戦《たたか》うけど、アナタは？　さっきまで、三魔官《さんまかん》の部下《ぶか》だったのに、戦《たたか》えるの？」

ジャハルビートは、息《いき》をのんだ。

答《こた》えは、なかなか出《で》てこなかった。

ワドルディが言《い》った。

「ジャハルビートは、ここで待《ま》ってて」

「……ここで……？」

「うん。三魔官《さんまかん》と戦《たたか》うの、イヤでしょ」

ワドルディは、ジャハルビートと目《め》を合《あ》わせ、ニッコリした。

ジャハルビートは何《なに》も言《い》えずに、棒《ぼう》をにぎりしめていた。

カービィが、絵《え》ふでをかざして、元気《げんき》よく叫《さけ》んだ。

「だいじょーぶ、すぐ終《お》わるから！　ちょっとだけ待《ま》っててね！」

「カービィったら、油断《ゆだん》しすぎ！　相手《あいて》は、ものすごく強《つよ》い三魔官《さんまかん》なんだよ」

ワドルディは、あきれ顔《がお》。

プルアンナが笑《わら》って言《い》った。

「ううん、カービィの言《い》うとおりよ。だいじょうぶ、アタシたち、あのフラン・キッスをやっつけたんだから！」

「行《い》こう！　とびらを開《あ》けてよ、ジャハルビート」

うながされて、ジャハルビートはとびらに手《て》をかけた。

とびらが開《あ》くと、カービィたちは少《すこ》しのためらいもなく飛《と》びこんでいった。

業火《ごうか》の三魔官《さんまかん》、フラン・ルージュが待《ま》ちかまえる、中央深部《ちゅうおうしんぶ》へ。

ジャハルビートは、思《おも》いつめた目《め》でカービィたちを見守《みまも》り、苦《くる》しげなため息《いき》をついた。

三人《にん》は、カービィを先頭《せんとう》に、いきおいよく「中央深部《ちゅうおうしんぶ》」へかけこんだ。

そこへ――。

「オイッ！　そこの～ずんぐりピンク！」

荒《あら》っぽい声《こえ》がひびきわたった。

カービィは、おどろいて立《た》ち止《ど》まった。

「……ずんぐりピンク？」

あたりを見回《みまわ》してみたが、「ずんぐり」も「ピンク」も見当《みあ》たらない。

カービィはふしぎに思《おも》い、声《こえ》を張《は》り上《あ》げてみた。

「おーい、ずんぐりピンクー！　出《で》ておいでよ。だれかが呼《よ》んでるよ！」

すると、カービィの目《め》の前《まえ》に、天井《てんじょう》から突《つ》き刺《さ》さるように、まっかなシルエットが出現《しゅつげん》した。

「ねぼけるなっ！　オマエだよ、オ・マ・エ〜！」

「……え？」

カービィは、目《め》をぱちくり。

ワドルディとプルアンナは、敵《てき》をにらみつけて、身《み》がまえた。

まっかなシルエットの正体《しょうたい》は、燃《も》えるような赤《あか》い髪《かみ》をした女性《じょせい》だった。

フラン・キッスと似《に》たぼうしをかぶり、やはり口《くち》もとを布《ぬの》でおおっている。らんらんと光《ひか》るひとみは、燃《も》えさかる炎《ほのお》のようだった。

彼女《かのじょ》はカービィたちを見下《みお》ろして、怒《いか》りにみちた声《こえ》をあびせかけた。

「よくも、よくも、よくも、よくも、アタシのフラン・キッスちゃんをイジメてくれたわね！　カワイイお顔《かお》にキズでもついたら、どぉ〜すんのよ！」

ものすごい剣幕《けんまく》だ。

「あ、あ、あの。ぼくら、フラン・キッスさんのお顔《かお》に、キズなんてつけてない……です……髪《かみ》には絵《え》の具《ぐ》をつけちゃったけど……」

ワドルディが言《い》った。

フラン・ルージュの怒《いか》りは、しずまるどころか、ますます燃《も》え上《あ》がった。

「ジャマッデム……！　許《ゆる》せないわ！　このフラン・ルージュ様《さま》が……地獄《じごく》の業火《ごうか》が生《なま》ぬ

る〜く思《おも》えちゃうくらい……」

フラン・ルージュは片手《かたて》を振《ふ》り上《あ》げた。

すると、たちまち、炎《ほのお》につつまれた剣《けん》があらわれた。

「おっそろしい目《め》に、あわせてあげるんだからっ！」

フラン・ルージュは、炎《ほのお》の剣《けん》を振《ふ》り下《お》ろした。

燃《も》える一撃《いちげき》が、カービィに襲《おそ》いかかる。

カービィは飛《と》び下《さ》がり、絵《え》ふでをかまえた。

「ずんぐり……ずんぐりピンク……ぼ、ぼくのこと……!?」

カービィの目《め》が、怒《いか》りに燃《も》えた。

「ひどいよーっ！　ええい、**絵《え》ふでスラッシュ――！**」

「はっ！　そんなもの、このアタシには通《つう》じない！」

フラン・ルージュは飛《と》び上《あ》がって絵《え》の具《ぐ》をさけると、カービィめがけて突進《とっしん》した。

「アタシの剣《けん》を受《う》けてみろ！　**ベルジュ・ラッシュ！**」

「下《さ》がって、カービィ！」

カービィを救《すく》ったのは、プルアンナだった。

「**ウェーブショット！**」

プルアンナはいきおいよく水《みず》をはき出《だ》した。

フラン・ルージュの剣《けん》をつつんでいた炎《ほのお》は、あっというまに消《き》えてしまった。

フラン・ルージュは顔色《かおいろ》を変《か》えた。

「うっ、しまった！」

プルアンナは、うれしそうに叫《さけ》んだ。

「まいった？　アタシのお水《みず》があれば、炎《ほのお》の剣《けん》なんて、ちっとも怖《こわ》くないわ！」

けれどフラン・ルージュは、気落《きお》ちするどころか、ますます熱《あつ》い闘志《とうし》をみなぎらせた。

「――フンッ！」

フラン・ルージュは剣《けん》を投《な》げ捨《す》て、片手《かたて》を高《たか》く上《あ》げた。

「これしきで、勝《か》った気《き》にならないでよね！　**レッドホット・ベイクドソード！**」

いきなり、空中《くうちゅう》に何本《なんぼん》もの剣《けん》が出現《しゅつげん》し、降《ふ》り注《そそ》いできた。

「――ええ!?」

カービィたちは、飛《と》びのいて剣《けん》をかわした。

剣《けん》が刺《さ》さった床《ゆか》から、激《はげ》しい炎《ほのお》がふき出《だ》した。

「な、な、なに⁉」

剣《けん》は次々《つぎつぎ》に降《ふ》ってきて、床一面《ゆかいちめん》を炎《ほのお》の海《うみ》に変《か》えていく。

プルアンナが急《いそ》いで水《みず》をはき出《だ》したが、とうてい間《ま》に合《あ》わない。

カービィとワドルディも、なんとか火《ひ》を消《け》そうとしたが、火《ひ》のいきおいは強《つよ》まるばかり。

フラン・ルージュは、のけぞって笑《わら》った。

「アーハッハッハッ！　アタシのフラン・キッスちゃんをイジメたバツよ！　そーれ！」

ひときわ激《はげ》しい一撃《いちげき》が、カービィに襲《おそ》いかかった。

「わあああ！」

カービィは転《ころ》がって剣《けん》をよけようとしたが、かわしきれず、炎《ほのお》につつまれてしまった。

「あつっ、あつっ、あつい！」

「カービィ、しっかりして！」

プルアンナが急《いそ》いで水《みず》をふきかけたので、カービィのケガは軽《かる》くてすんだ。

けれど、今《いま》の衝撃《しょうげき》でコピー能力《のうりょく》がはずれ、ビビッティアが転《ころ》がり出《で》てきた。

カービィは、もう一度《いちど》、ビビッティアを吸《す》いこもうとしたが、フラン・ルージュの動《うご》きはすばやかった。

「そうはさせない！」

気《き》を失《うしな》っているビビッティアのまわりに、炎《ほのお》の壁《かべ》を張《は》りめぐらせる。

これでは、カービィはビビッティアに近《ちか》づけない。

「ビビッティアーーー！」

プルアンナが炎《ほのお》を消《け》そうとしたが、次々《つぎつぎ》に降《ふ》りそそぐ炎《ほのお》の剣《けん》にはばまれ、思《おも》うように動《うご》けない。

コピー能力《のうりょく》を失《うしな》ってしまったカービィには、打《う》つ手《て》がない。

絶体絶命《ぜったいぜつめい》……!?

そのときだった。

「カービィ、ボクを吸《す》いこめ！」

長《なが》い棒《ぼう》を振《ふ》り回《まわ》しながら、ジャハルビートがかけこんできた。

「ジャハルビート!?」

「ボクを吸《す》いこめば、能力《のうりょく》を使《つか》えるようになるんだろ!? さあ、早《はや》く!」

「う……うん! ありがとう、ジャハルビート!」

カービィは大《おお》きく口《くち》を開《あ》け、ジャハルビートを吸《す》いこんだ。

スティックのコピー能力《のうりょく》、発動《はつどう》! カービィの頭《あたま》に金色《きんいろ》の輪《わ》がかがやき、手《て》にはジャハルビートと同《おな》じ武器《ぶき》、長《なが》い棒《ぼう》が装備《そうび》された。

「よおし、これなら戦《たたか》える!」

カービィは振《ふ》り向《む》きざま、叫《さけ》んだ。

「プルアンナ、フレンズ能力《のうりょく》をつけて!」

「え?」

「ウォーターの力《ちから》を、この棒《ぼう》に!」

「わかったわ!」

プルアンナは、棒《ぼう》めがけて冷《つめ》たい水《みず》を注《そそ》ぎかけた。

棒《ぼう》は、青《あお》くかがやいた。両端《りょうはし》から、とめどもなく水《みず》がふき出《だ》している。

カービィは、その棒《ぼう》を全力《ぜんりょく》で振《ふ》り回《まわ》しながら、炎《ほのお》の海《うみ》に突《つ》っこんでいった。

「やぁぁぁぁっ！」

長《なが》い棒《ぼう》は、スプリンクラーのように回転《かいてん》し、広《ひろ》い範囲《はんい》に水《みず》をまき散《ち》らした。火《ひ》のいきおいは、急速《きゅうそく》にしずまっていった。

フラン・ルージュは、あせりの表情《ひょうじょう》を見《み》せて叫《さけ》んだ。

「ま、まだまだ！　行《い》くよ、**オーブン・ウエルダン！**」

フラン・ルージュが片手《かたて》を振《ふ》り下《お》ろすと、なんと、巨大《きょだい》な大砲《たいほう》が出現《しゅつげん》した。

「銀河《ぎんが》のはてまで、ぶっ飛《と》ばしてやるんだからねっ！」

フラン・ルージュは導火線《どうかせん》に火《ひ》をつけた。

カービィは飛《と》び上《あ》がって、棒《ぼう》を振《ふ》りかざした。

「はぁ！」

導火線《どうかせん》に、棒《ぼう》を打《う》ちつける。

棒《ぼう》からふき出《だ》す水《みず》をあびて、火《ひ》は消《き》えてしまった。

「あ、あ、あああ——！　なんてことを！」

フラン・ルージュは、火《ひ》をつけ直《なお》そうとがんばったが、びしょぬれになってしまった導《どう》火線《かせん》には、もはや点火《てんか》は不可能《ふかのう》。

カービィは棒《ぼう》をにぎり直《なお》して叫《さけ》んだ。

「行《い》くよー！　**ぼうじゅつらんぶ！**」

必殺《ひっさつ》わざが炸裂《さくれつ》した。

「きゃあぁ！」

空中《くうちゅう》に飛《と》んでかわしたフラン・ルージュを、すばやく追《お》う。

「食《く》らえ、**たかとびざつぎ！　つくつくぼう！**」

長《なが》い棒《ぼう》が、水《みず》をまき散《ち》らしながら、フラン・ルージュを襲《おそ》った。

炎《ほのお》の攻撃《こうげき》を得意《とくい》とするフラン・ルージュは、あふれ出《で》る水《みず》の前《まえ》に、手《て》も足《あし》も出《で》ない。

「く……っ！」

ついに、フラン・ルージュの闘志《とうし》は燃《も》えつき、床《ゆか》にたおれてしまった。

「やったぁ！」

ワドルディとプルアンナは、そろってガッツポーズ。

カービィは、フラン・ルージュに歩《あゆ》みよった。

フラン・ルージュは、見《み》る影《かげ》もなくしおれきって、顔《かお》を上《あ》げた。

「フ、フンッ……ここは……退却《たいきゃく》してあげるけど……！」

フラン・ルージュは床《ゆか》をけり、ふたたび空中《くうちゅう》に舞《ま》い上《あ》がった。

「これ以上《いじょう》は、ジャマさせない……あの方《かた》に逆《さか》らう者《もの》は……許《ゆる》さない！」

「待《ま》て！」

カービィは追《お》おうとしたが、フラン・ルージュは一陣《いちじん》の熱風《ねっぷう》を残《のこ》して、姿《すがた》を消《け》していた。

「カー……ビィ……」

弱々《よわよわ》しい声《こえ》がした。

ビビッティアだ。プルアンナがかけよって、ビビッティアを助《たす》け起《お》こした。

「だいじょーぶ、ビビッティア？」

「う……ん……まだ、ふらふらするけど……」

ビビッティアは、カービィにたずねた。

「今《いま》、カービィに力《ちから》をかしてくれたのは、ワタシたちを襲《おそ》ったあの兵士《へいし》よね……？」

「うん。ジャハルビートっていうんだ。友《とも》だちになったんだよ」

「友《とも》だち？　あの、恐《おそ》ろしいヤツが？」

「恐《おそ》ろしくなんかないよ。見《み》たでしょ、三魔官《さんまかん》に歯向《はむ》かって、ぼくらを助《たす》けてくれたんだ。

そうだ、コピー能力《のうりょく》をはずして、外《そと》に出《だ》してあげなくちゃ……」

そう言《い》ったカービィを、プルアンナが止《と》めた。

「待《ま》って、カービィ。コピー能力《のうりょく》は、そのままにしておいたほうがいいんじゃない？」

「え？　どうして？」

「ジャハルビートにとって、そのほうがいいと思《おも》うの」

プルアンナは、カービィが手《て》にしている棒《ぼう》にふれた。

「三魔官《さんまかん》をうらぎるのは、あの子《こ》には、つらいことでしょう。三魔官《さんまかん》を尊敬《そんけい》する気持《きも》ちと、アタシたちとの友情《ゆうじょう》の間《あいだ》で、板《いた》ばさみになってるのよ」

「……そうだね」

ワドルディも、うなずいた。

「だから、カービィのコピー能力《のうりょく》になって戦《たたか》うことを決《き》めたんだね。自分《じぶん》の手《て》で、三魔官《さんまかん》に武器《ぶき》を向《む》けるのは、つらいから」

「……そうか……」

カービィも納得《なっとく》して、ぴょこんと飛《と》び上《あ》がった。

「じゃ、ぼく、このコピー能力《のうりょく》で戦《たたか》うよ。この棒《ぼう》、すごく扱《あつか》いやすくて、強《つよ》いんだ！」

「すごかったね、カービィ」

ワドルディが言《い》った。

「カービィは、このコピー能力《のうりょく》を使《つか》うのは初《はじ》めてなのに、かっこよかった。まるで、自分《じぶん》の物《もの》みたいに、棒《ぼう》を使《つか》いこなしちゃうなんて」

「ジャハルビートの戦《たたか》い方《かた》を見《み》てたから。それに、何《なに》も考《かんが》えなくても、からだが動《うご》いたんだ。きっと、ジャハルビートが助《たす》けてくれているんだよ」

「ワタシがコピー能力《のうりょく》になった時《とき》も、カービィの力《ちから》になりたかったんだけど……」

ビビッティアが言《い》った。

「……あんまり、芸術的才能《げいじゅつてきさいのう》には関係《かんけい》なかったみたいね」

「う……うーん……？」

ワドルディは答《こた》えにつまった。

カービィは不服《ふふく》そうに言《い》い返《かえ》した。

「そんなことないよ！　ぼく、ビビッティアの力《ちから》を借《か》りて、すごいけっさくを作《つく》ったんだから。すぐ、こわしちゃったけど……デデデ大王《だいおう》に見《み》せたかったなあ」

「う、ううん。見《み》せなくてよかったと思《おも》うよ……」

「どーして？　本物《ほんもの》よりかっこ良《よ》すぎたから？」

「う……うん……とにかく、先《さき》へ進《すす》もう」

ワドルディは歩《ある》き出《だ》した。

「次《つぎ》はいよいよ、最後《さいご》の三魔官《さんまかん》だね」

「どんなヤツかな？」

四人《にん》は一列《いちれつ》に並《なら》んで、要塞《ようさい》の奥《おく》へと進《すす》んでいった。

9 最後《さいご》の戦《たたか》い!!

いよいよ、たどりついたのは、暗黒要塞《あんこくようさい》ジャマハルダの最上階《さいじょうかい》。

大《おお》きなとびらが、四人《にん》の行《ゆ》く手《て》をさえぎっている。

一行《いっこう》が近《ちか》づいていくと、ふれる前《まえ》に、とびらはひとりでに開《ひら》き始《はじ》めた。

とびらの向《む》こうは、円形《えんけい》の広間《ひろま》だった。

広間《ひろま》の奥《おく》に、金色《きんいろ》にかがやく石《いし》のような物《もの》が浮《う》かんでいる。

そして、その下《した》に、りっぱな椅子《いす》が置《お》かれていた。

そこに座《すわ》っていた女性《じょせい》が、ゆっくりとからだを起《お》こし、近《ちか》づいてきた。

フラン・キッスやフラン・ルージュと同《おな》じく、ぼうしをかぶり、口《くち》もとを布《ぬの》でおおっている。

髪《かみ》は、月《つき》の光《ひかり》のように美《うつく》しい黄色《きいろ》。そして、ひとみは、イナズマのようにするどい光《ひかり》を宿《やど》していた。

「――**ジャマハローア**」

彼女《かのじょ》は、うやうやしく一礼《いちれい》した。

「わたしの名《な》は、三魔官《さんまかん》が長《おさ》、ザン・パルルティザーヌ」

静《しず》かだが、迫力《はくりょく》のある声《こえ》だった。

「ただの俗物《ぞくぶつ》と見《み》ていたが……フッ。なかなかの手《て》だれのようだ」

目《め》もとに笑《え》みが浮《う》かんだのは、一瞬《いっしゅん》のこと。けわしさを増《ま》した声《こえ》で、ザン・パルルティザーヌは続《つづ》けた。

「しかし、その快進撃《かいしんげき》もここまで。われらが偉大《いだい》なる主《あるじ》のご意志《いし》にしたがい……」

ザン・パルルティザーヌは、すばやく武器《ぶき》を抜《ぬ》いた。

その手《て》ににぎられているのは、バチバチと光《ひかり》を放《はな》つ長《なが》いヤリ。

「今《いま》、ここで粛清《しゅくせい》してくれよう！」

言《い》い放《はな》つと同時《どうじ》にヤリをかまえて、すさまじいスピードで突《つ》っこんでくる！

「わっ！」

カービィたちは飛《と》びのいて、攻撃《こうげき》をかわした。

ヤリの先《さき》がふれた床《ゆか》に、青白《あおじろ》い光《ひかり》がほとばしる。

プルアンナが言《い》った。

「話《はなし》をする気《き》はなさそうね。こっちも全力《ぜんりょく》で行《い》かなくちゃ！」

「うん……！」

カービィたちはうなずいた。

けれど、むかえうつ体勢《たいせい》を取《と》る前《まえ》に、ザン・パルルティザーヌは攻撃《こうげき》を続《つづ》けてきた。

ヤリを返《かえ》し、大《おお》きくなぎ払《はら》う。

ワドルディが、よけきれずに、はじき飛《と》ばされた。

バチバチバチ……！

激《はげ》しい音《おと》がして、ワドルディのからだが青白《あおじろ》く光《ひか》った。

床《ゆか》に倒《たお》れたワドルディは、声《こえ》を立《た》てることもできず、マヒしてしまった。

「ワドルディ!?」

かけよろうとしたカービィを、ビビッティアが止《と》めた。

「気《き》をつけて、カービィ！　さわらないほうがいいわ」

「でも、ワドルディが……！」

「今《いま》の、見《み》たでしょう。あの武器《ぶき》、電気《でんき》の力《ちから》を持《も》ってる！」

「電気《でんき》……？」

「そう。あれにやられたら、ワドルディみたいに感電《かんでん》して、動《うご》けなくなっちゃうわ！」

「いかにも、そのとおり」

ザン・パルルティザーヌはヤリをかざし、口《くち》を開《ひら》いた。

「わが二《ふた》つ名《な》は、雷牙《らいが》の三魔官《さんまかん》。わたしの雷撃《らいげき》からは、だれも逃《のが》れられない！」

ヤリの先《さき》から、雷《かみなり》のような光《ひかり》が放《はな》たれた。

狙《ねら》われたのは、プルアンナ。たちまち感電《かんでん》し、動《うご》けなくなってしまった。

ザン・パルルティィザーヌは余裕《よゆう》の笑《え》みを浮《う》かべ、カービィに向《む》き直《なお》った。

「次《つぎ》はおまえの番《ばん》……ハァァァ！」

空中《くうちゅう》をジグザグに飛《と》び回《まわ》りながら、続《つづ》けざまに攻撃《こうげき》をくり出《だ》してくる。そのスピードは、まさにイナズマのごとく。

「うわああ！」

カービィは、あわてて逃《に》げ回《まわ》った。

長《なが》い棒《ぼう》は、へたに振《ふ》りかざすと、雷撃《らいげき》を呼《よ》びこんでしまう。たよりになるはずの武器《ぶき》が、かえって不利《ふり》になった。

カービィは飛《と》びはねながらヤリをかわしたが、しだいに追《お》いつめられていった。

一方《いっぽう》――ザン・パルルティィザーヌがカービィに集中《しゅうちゅう》しているすきに、ビビッティアがそっと行動《こうどう》を起《お》こしていた。

気配《けはい》をころし、ザン・パルルティィザーヌの後《うし》ろに回《まわ》りこむ。

「やはり、俗物《ぞくぶつ》。おまえの力《ちから》は、この程度《ていど》か」

ザン・パルルティィザーヌは勝《か》ちほこって笑《わら》い、カービィめがけて、強烈《きょうれつ》な一撃《いちげき》をくり出《だ》した。

カービィは、ぎりぎり、転《ころ》がってヤリをかわした。

息《いき》をひそめたビビッティアが、ザン・パルルティザーヌのすぐ背後《はいご》にせまっていた。

「今《いま》よ……**絵《え》ふでスラッ……！**」

ビビッティアは髪《かみ》をなびかせ、絵《え》の具《ぐ》をまき散《ち》らそうとした。

が――。

ザン・パルルティザーヌは振《ふ》り向《む》きもせず、正確《せいかく》にビビッティアを打《う》ちすえた。

カービィだけを追《お》っていると見《み》せかけながら、しのびよるビビッティアの気配《けはい》をちゃんと感《かん》じ取《と》っていたのだ。

青白《あおじろ》いイナズマが走《はし》る。ビビッティアは、しびれて動《うご》けなくなった。

おそるべき雷牙《らいが》の三魔官《さんまかん》、ザン・パルルティザーヌ。その戦闘力《せんとうりょく》は、フラン・キッスやフラン・ルージュを、はるかに上回《うわまわ》っていた。

「フッ……これが、とどめだ！」

ザン・パルルティザーヌは宣言《せんげん》し、両手《りょうて》を大《おお》きく広《ひろ》げた。

その背後《はいご》に、三つの太鼓《たいこ》があらわれた。

カービィは、よろめきながら立《た》ち上《あ》がった。

ザン・パルルティザーヌは、待《ま》ちかまえていたように手《て》を上《あ》げた。

「ハァァァ！」

気合《きあい》とともに、太鼓《たいこ》が鳴《な》りひびき、電気《でんき》の弾《たま》が放《はな》たれる。

カービィは、よけきれない。

必死《ひっし》で棒《ぼう》をかざして、ガードの姿勢《しせい》を取《と》った。

電気弾《でんきだん》の威力《いりょく》はすさまじい。ジーンと手《て》がしびれ、あやうく棒《ぼう》を取《と》り落《お》としそうになった。

「う……わぁ……！」

カービィはうめいた。

が——そのとき、なぜかザン・パルルティザーヌに変化《へんか》が起《お》きた。

一瞬《いっしゅん》だけ、びくっとして、動《うご》きを止《と》めたのだ。

ザン・パルルティザーヌは、すぐにわれに返《かえ》り、攻撃《こうげき》を続《つづ》けた。

カービィは、もうろうとしながら、ザン・パルルティザーヌの動《うご》きを目《め》で追《お》った。

「い……今《いま》……どうして、止《と》まったんだろう?」

三つの太鼓《たいこ》から、次々《つぎつぎ》に電気弾《でんきだん》が飛《と》んでくる。

それをかわしながら、カービィは考《かんが》えた。

「電気弾《でんきだん》を、棒《ぼう》で受《う》け止《と》めたら……びくっとした……」

カービィは、もう一度《いちど》、電気弾《でんきだん》を棒《ぼう》でガードしてみた。

バチバチと光《ひかり》がはじけ、ザン・パルルティザーヌの動《うご》きがふたたび止《と》まった。

硬直《こうちょく》は、一瞬《いっしゅん》だけのこと。ザン・パルルティザーヌは、激《はげ》しい攻撃《こうげき》をしかけてくる。

「……そうか! わかった!」

カービィは目《め》を見《み》ひらいた。

弱《よわ》りきっていたからだに、力《ちから》がわいてくる。

カービィは棒《ぼう》をかまえ、飛《と》び上《あ》がった。

「たぁあ!」

棒《ぼう》を振《ふ》り回《まわ》し、ほとばしる水《みず》を太鼓《たいこ》にあびせかける。

――バチバチバチッ！

するどい音《おと》を立《た》てて、太鼓《たいこ》から青白《あおじろ》い火花《ひばな》が散《ち》った。

「……クッ！」

ザン・パルルティザーヌは衝撃《しょうげき》を受《う》けて、全身《ぜんしん》をこわばらせた。

そのとき、マヒから回復《かいふく》したワドルディとプルアンナが、かけよってきた。

「カービィ！」

「だいじょうぶ!?」

「うん！」

カービィはうなずき、大声《おおごえ》で叫《さけ》んだ。

「プルアンナ、ウォーターで攻撃《こうげき》してみて！」

「え？」

「水《みず》をあびせると、ザン・パルルティザーヌがしびれちゃうんだよ！　やってみて！」

ワドルディが、ハッとして叫《さけ》んだ。

「あ、そうか！　電気《でんき》に水《みず》がかかると、ショートするんだ！　ザン・パルルティザーヌは、自分《じぶん》の電気《でんき》で感電《かんでん》してる……！」

「ふざけたことを！」

ザン・パルルティザーヌは怒《いか》りの声《こえ》を上《あ》げて、ふたたびヤリを手《て》に取《と》り、カービィたちに襲《おそ》いかかってきた。

プルアンナは、思《おも》いっきり水《みず》をはき出《だ》した。

「**ウェーブショット！**」

バチバチバチバチッ！

火花《ひばな》が上《あ》がり、ザン・パルルティザーヌはたまらず悲鳴《ひめい》を上《あ》げた。

「あああああああ！」

カービィも、水《みず》をふき出《だ》す棒《ぼう》でなぐりかかる。

ビビッティアも意識《いしき》を取《と》り戻《もど》し、キャンバスに次々《つぎつぎ》に絵《え》を描《か》いた。

「水《みず》が出《で》る物《もの》を描《か》けばいいのね。えい、スプリンクラー！　水道《すいどう》の蛇口《じゃぐち》！　ふん水《すい》！　金《きん》魚《ぎょ》ばち！」

絵《え》に描《か》かれた物《もの》が、次々《つぎつぎ》に実体化《じったいか》していく。

周囲《しゅうい》は、たちまち水《みず》びたし。これでは、ザン・パルルティザーヌはもう電撃《でんげき》を放《はな》つことができない。

ついに、ザン・パルルティザーヌは、がっくりと床《ゆか》にたおれふした。

「うぅ……ジャ……マッデム……」

カービィたちが取《と》り囲《かこ》む中《なか》、ザン・パルルティザーヌはくやしげにうめいた。

「クッ！　こんな辺境《へんきょう》の星《ほし》に、これほどの手《て》だれが……」

ザン・パルルティザーヌは、力《ちから》を振《ふ》りしぼって起《お》き上《あ》がった。

まだ、戦《たたか》う気《き》だろうか。カービィたちは身《み》がまえたが、ザン・パルルティザーヌは飛《と》び上《あ》がって叫《さけ》んだ。

「しかし、われわれはすでに目的《もくてき》の物《もの》を手《て》に入《い》れた！　ずんぐりピンクよ、このジャマハルダもろとも、くち果《は》てるがいい……！」

ザン・パルルティザーヌはヤリを振《ふ》りかざすと、広間《ひろま》の奥《おく》にかがやいている黄金《おうごん》の石《いし》を、思《おも》いきり突《つ》き刺《さ》した。

金色《きんいろ》の火花《ひばな》が飛《と》び散《ち》り、床《ゆか》が大《おお》きくゆれた。

「……あれは……!?」

「フッ。たった今《いま》、このジャマハルダの中枢《ちゅうすう》を破壊《はかい》した」

「なんだって……!?」

「まもなく、ジャマハルダはあとかたもなく崩壊《ほうかい》する。逃《のが》れるすべはないぞ」

ザン・パルルティザーヌはのけぞり返《かえ》り、笑《わら》い声《ごえ》をひびかせた。

「アーッハッハッハッハ！　ジャマサラーバァ！」

片手《かたて》を振《ふ》ると、一瞬《いっしゅん》にして姿《すがた》を消《け》してしまった。

立《た》っていられないほど、ゆれが激《はげ》しくなってきた。

天井《てんじょう》や壁《かべ》がくだけ、バラバラと破片《はへん》が落《お》ちてくる。

プルアンナが悲鳴《ひめい》を上《あ》げた。

「ど、どうしよう！」

「逃《に》げるしかないよ……！」

カービィは叫《さけ》んだ。

「ワープスターを呼《よ》んで、脱出《だっしゅつ》しよう！」

「ま、間《ま》に合《あ》わないよ、カービィ！」

ワドルディが叫《さけ》ぶ。

壁《かべ》が大《おお》きくくずれて、がれきの山《やま》がゆくてをふさいだ。

一刻《いっこく》も早《はや》くジャマハルダから逃《のが》れないと、巻《ま》きこまれてしまう。ワープスターを待《ま》っている余裕《よゆう》は、なかった。

そのとき、ビビッティアが何《なに》かを見《み》つけて叫《さけ》んだ。

「見《み》て、カービィ！　これ、何《なに》かしら？」

カービィたちは、ビビッティアのもとへかけつけた。

壁《かべ》がくずれたために、広間《ひろま》の奥《おく》のそのまた奥《おく》にある、ふしぎな場所《ばしょ》があらわれたのだ。

丸《まる》いステージのような台《だい》だ。

台座《だいざ》には、なぞめいたもようが刻《きざ》まれていて、神聖《しんせい》なかがやきを放《はな》っている。

「なんだろう？」

カービィは、ステージの上《うえ》にぴょこんと飛《と》びのってみた。

ワドルディが心配《しんぱい》して言《い》った。

「あぶないよ、カービィ。ワナかもしれない……」

「だいじょーぶ！」

カービィの表情《ひょうじょう》が明《あか》るくなった。

「みんなもきてごらんよ。このステージに立《た》つと、なんだか元気《げんき》が出《で》てくるよ！」

プルアンナが、あきれて言《い》った。

「そんなことしてる場合《ばあい》じゃないのよ！　早《はや》く逃《に》げなきゃ！」

プルアンナは、カービィの手《て》を引《ひ》っぱろうとして、ステージに乗《の》った。

そのとたん、プルアンナはからだが軽《かる》くなったのを感《かん》じて、ふわふわと飛《と》びはねた。

「あれ？　ほんとだ。カービィの言《い》うとおり、なぜか力《ちから》がわいてくるみたい！」

「なんだって？」

ワドルディとビビッティアも、次々《つぎつぎ》にステージに飛《と》び乗《の》ってみた。

四人《にん》がステージにそろい、顔《かお》を見合《みあ》わせた瞬間《しゅんかん》。

まばゆい光《ひかり》が、四人《にん》をつつんだ。

「わっ!?」

「な、なに!?」

カービィたちは、あわてふためいたが――。

四人《にん》の足元《あしもと》に、虹色《にじいろ》の尾《お》を引《ひ》く、ふしぎな星《ほし》が出現《しゅつげん》した。

「これは……？　ワープスター……？」

「じゃないよ。こんなの、初《はじ》めてだ。なんだろう」

四人《にん》のからだが、フワリと浮《う》き上《あ》がった。

「あ、あ、あれ……？」

おどろく四人《にん》を乗《の》せて、小《ちい》さな星《ほし》はいきなりステージから浮《う》き上《あ》がった。

「わあああ!?」

カービィを先頭《せんとう》に、一列《いちれつ》になった四人《にん》が、すさまじい速度《そくど》で広間《ひろま》を飛《と》び出《だ》した。レールのないジェットコースターに乗《の》ったかのようだ。コントロールもきかず、めちゃくちゃなスピードで四人《にん》は宙《ちゅう》をすっ飛《と》んだ。

「きゃーー！　きゃーー！」

「と、と、止《と》めてーー！」

目《め》の前《まえ》に、巨大《きょだい》な壁《かべ》がせまってくる！

「わあぁ！　ぶつかる――！」

先頭《せんとう》のカービィは、壁《かべ》に向《む》かって夢中《むちゅう》で叫《さけ》んだ。

「どいて、どいて――！」

すると。

まるで、その声《こえ》に反応《はんのう》したように、石《いし》の壁《かべ》がこっぱみじんにくだけた。

「……え？　なに、今《いま》の！」

「どうやったの!?」

「すごい、カービィ!」

いちばんびっくりしているのは、カービィ自身《じしん》だった。

「なんだろう。よくわかんないけど……」

カービィは、自分《じぶん》たちを乗《の》せて突《つ》っ走《ぱし》っている小《ちい》さな星《ほし》を見下《みお》ろした。

この星《ほし》が、ふしぎな力《ちから》をあたえてくれている。

一列《いちれつ》につながった四人《にん》は、すごいスピードとパワーで、宙《ちゅう》を飛《と》ぶことができるのだ。

そう気《き》づいたカービィは、元気《げんき》いっぱいに叫《さけ》んだ。

「みんなで力《ちから》を合《あ》わせるんだ! そうすれば、ここから逃《に》げられるよ!」

「ち、力《ちから》を合《あ》わせるって……どうやって……!?」

プルアンナは、カービィにしがみつきながら、泣《な》きそうな声《こえ》を上《あ》げた。

「こころを一つに! さあ、どいて、どいて――!」

カービィが叫《さけ》ぶと、前方《ぜんぽう》に降《ふ》り注《そそ》いできた石《いし》のかけらが次々《つぎつぎ》にくだけ散《ち》った。

「わああ!」

「やった！」

プルアンナも、ワドルディも、ビビッティアも、歓声《かんせい》を上《あ》げた。

「そうか、みんなでこころを合《あ》わせれば、ジャマ物《もの》をこわせるんだ！」

「進《すす》む方向《ほうこう》もコントロールできるよ！」

「よーし！　行《い》くぞ！」

四人《にん》のこころが結《むす》ばれ、小《ちい》さな星《ほし》はますますスピードを上《あ》げた。

どんなに大《おお》きながれきが落《お》ちてきても。

かたい石《いし》の壁《かべ》が行《ゆ》く手《て》をふさいでも。

四人《にん》はもう、恐《おそ》れなかった。

「どいて、どいて――！」

「上《うえ》へ行《い》くよ――！」

「右《みぎ》に曲《ま》がるよ！　今度《こんど》は下《した》だよ――！」

声《こえ》をかけ合《あ》いながら、くずれゆくジャマハルダを一気《いっき》にかけ抜《ぬ》ける。

ようやく、営門《えいもん》に差《さ》しかかった時《とき》だった。

門《もん》の前《まえ》で、ポンとコンと子《こ》どもたちが逃《に》げまどっているのが見《み》えた。

カービィは、棒《ぼう》を差《さ》し出《だ》して叫《さけ》んだ。

「つかまって――！」

気《き》づいたポンとコンは、顔《かお》をかがやかせた。

「お!? おお、無事《ぶじ》だったのか、カービィたち！」

「助《たす》けてくれるのか!? ありがてぇ！」

ポンとコンは、急《いそ》いで棒《ぼう》に飛《と》びついた。

「わーい！」

「お星《ほし》さま、わーい！」

子《こ》ダヌキや子《こ》ギツネたちも、はしゃぎながら、ポンとコンのしっぽにつかまった。

そうして、カービィたちが脱出《だっしゅつ》をはたした瞬間《しゅんかん》――。

大爆発《だいばくはつ》とともに、暗黒要塞《あんこくようさい》ジャマハルダは、その姿《すがた》を消《け》した。

10 平和《へいわ》な国《くに》プププランド

「……というわけで、大勝利《だいしょうり》！　ぼくらは、みごと、ポップスターを救《すく》ったのでした。めでたし、めでたし」

冒険《ぼうけん》を終《お》えたカービィは、デデデ大王《だいおう》のおみまいにやって来《き》た。

まくらもとで、コックカワサキ特製《とくせい》デラックスアイスクリームを食《た》べながら、冒険《ぼうけん》の一《いち》部始終《ぶしじゅう》を語《かた》り終《お》えたところ。

ベッドに横《よこ》たわったデデデ大王《だいおう》は、ふきげんに言《い》い返《かえ》した。

「なぁにが、めでたしめでたしだ！　ちっとも、めでたくないわい！」

「どーして？」

「おまえばかり、いい格好《かっこう》をしおって！　オレ様《さま》にも活躍《かつやく》させろー！」

「しょうがないじゃない、おなかをこわしてるんだから。大声《おおごえ》を出《だ》すと、また、おなかがいたくなっちゃうよ」

「うるさーい！　だいたい、どうしておまえはオレ様《さま》のまくらもとで、これみよがしにアイスクリームを食《く》ってるんだ！」

「だって、コックカワサキのデラックスアイスクリーム、おいしいんだもん。限定販売《げんていはんばい》で、今日《きょう》しか食《た》べられないんだ」

「答《こた》えになっとらんわーい！」

どなったところへ、おぼんを持《も》ったバンダナワドルディがやって来《き》た。

「大王様《だいおうさま》、おかゆができましたよ」

「おかゆなんて、食《く》いあきたわい！　ステーキとカレーライスとラーメンとアイスクリームを持《も》ってこい！」

「だめです、まだ、おなかが治《なお》ってないんですから……」

「きさま、オレ様《さま》の部下《ぶか》のくせに、オレ様《さま》の命令《めいれい》に逆《さか》らうのか！」

「命令《めいれい》より、おなかのほうが、大事《だいじ》です」

「なまいきなことを言《い》うなぁぁ！　……うっ……うう……いててててて」

「大声《おおごえ》を出《だ》すからですよ……」

ワドルディは、まくらもとのテーブルにおぼんを置《お》いた。

アイスクリームを食《た》べ終《お》えたカービィは、ぴょこんと立《た》ち上《あ》がった。

「じゃ、ぼく、帰《かえ》るね。アイスだけじゃものたりないから、ケーキを食《た》べに行《い》こうっと」

「ふんっ！　いてて……二度《にど》とくるな……いててて！」

「ばいばーい。早《はや》くおなかを治《なお》してね」

カービィは、デデデ城《じょう》を後《あと》にした。


コックカワサキのレストランに向《む》かうとちゅうで、カービィはジャハルビートを見《み》かけた。

ジャハルビートは、ぽかぽかと日《ひ》のさす丘《おか》に座《すわ》り、白《しろ》い雲《くも》を見上《みあ》げていた。

「おーい！　ジャハルビート！」

カービィが手《て》を振《ふ》ってかけよると、ジャハルビートは顔《かお》を向《む》けた。

「あ、カービィ」

「何《なに》してるの？　ひなたぼっこ？」

「うん。さっきまで、バーニンレオやナックルジョーと遊《あそ》んでたんだけど、疲《つか》れたからここで休《やす》んでたんだ」

ジャハルビートは、明《あか》るい笑顔《えがお》。

暗黒要塞《あんこくようさい》ジャマハルダにいた時《とき》には、一度《いちど》も見《み》せたことのない表情《ひょうじょう》だった。

カービィは、ジャハルビートのとなりに座《すわ》り、いっしょに雲《くも》を見上《みあ》げた。

「……カービィ、ボクね」

ジャハルビートは、あらたまった表情《ひょうじょう》で言《い》った。

「ここにきてから、わからないことばかりなんだ」

「え？　何《なに》が？」

「何《なに》もかも、だよ。何《なに》をすればいいのか、どこへ行《い》けばいいのか、だれに何《なに》を言《い》えばいいのか……毎日《まいにち》、考《かんが》えちゃうんだ」

カービィは、きょとんとした。

そんなの、好《す》きなようにすればいいだけなのに。何《なに》がわからないというのだろう。

「これまでは、何《なに》も迷《まよ》うことがなかったんだよ。三魔官様《さんまかんさま》の命令《めいれい》にしたがっていればよかったから。だけど……」

ジャハルビートは、はずかしそうに続《つづ》けた。

「ボクはもう、三魔官様《さんまかんさま》のために戦《たたか》う兵士《へいし》じゃない。何《なに》を信《しん》じればいいのか、すっかり、わからなくなっちゃったんだよ」

「ふぅん……？」

「だけどね、少《すこ》しずつ、わかりかけてきた気《き》がする」

ジャハルビートは、カービィを見《み》た。

「カービィと話《はな》したり、みんなと遊《あそ》んだりしてるうちにね……少《すこ》しずつ、少《すこ》しずつ、何《なに》かを信《しん》じられるようになってきた気《き》がするんだ」

「何《なに》かって？」

「それは、まだ言葉《ことば》にできないんだけど」

ジャハルビートは、胸《むね》に手《て》を当《あ》てた。

「とてもあたたかくて、たいせつな物《もの》。三魔官様《さんまかんさま》を信《しん》じていた時《とき》よりも、もっと強《つよ》い力《ちから》をボクに与《あた》えてくれる物《もの》……」

「なんだろう？」

「それを、考《かんが》えてるんだ」

ジャハルビートは、また雲《くも》を見上《みあ》げた。

「いつか、きっと、わかると思《おも》う。キミたちといっしょにいれば」

「そうかぁ……」

カービィは両手《りょうて》をのばして、草《くさ》の上《うえ》にころんと転《ころ》がった。

ジャハルビートも、同《おな》じように寝《ね》そべった。

プププランドは、今日《きょう》もぽかぽか、いい天気《てんき》。

あくびが出《で》るほどの平和《へいわ》が、ようやく戻《もど》ってきた――。

エピローグ……？

戦艦《せんかん》ハルバードの作戦室《さくせんしつ》は、ものものしい雰囲気《ふんいき》につつまれていた。

椅子《いす》に座《すわ》ったメタナイトが言《い》った。

「――つまり、まだ終《お》わっていないと？」

「終《お》わっていないどころか」

バル艦長《かんちょう》が、重苦《おもくる》しい声《こえ》で言《い》った。

「本当《ほんとう》の戦《たたか》いは、これからですぞ。ヤツらは、暗黒要塞《あんこくようさい》ジャマハルダを破壊《はかい》しました。つまり、ジャマハルダを拠点《きょてん》にして進《すす》められていた計画《けいかく》が、完了《かんりょう》したということです」

「ジャマハートのかけらを、すべて集《あつ》め終《お》えたというわけか」

バル艦長《かんちょう》はうなずいた。

「それだけではありません。この一件《いっけん》には、どうやら、黒幕《くろまく》がいるようなのです」

「……黒幕《くろまく》？」

「カービィたちから聞《き》き取《と》った証言《しょうげん》によれば、三魔官《さんまかん》は、だれかの命令《めいれい》にしたがっているようだとのこと。彼女《かのじょ》たちに命《めい》じて、ジャマハートのかけらを集《あつ》めさせた黒幕《くろまく》がいるのですぞ」

メタナイトは考《かんが》えこんだ。

「……それは、何者《なにもの》だ？」

「くわしいことは、まだわかっておりません。ただ、暗黒要塞《あんこくようさい》ジャマハルダを指揮《しき》していたのは、三魔官《さんまかん》ですからな。黒幕《くろまく》は、どこか遠《とお》くにいて、指示《しじ》を出《だ》しているものと思《おも》われます」

「どこにいるか、つきとめられるか」

「逃《に》げた三魔官《さんまかん》のゆくえを追《お》っております。彼女《かのじょ》たちが向《む》かう先《さき》に、おそらく」

バル艦長《かんちょう》の合図《あいず》を受《う》けて、アックスナイトがパネルを操作《そうさ》した。

大《おお》きなスクリーンに、星図《せいず》が映《うつ》し出《だ》された。

「惑星《わくせい》フォルアース、小惑星《しょうわくせい》フォルナ、惑星《わくせい》ミスティーン……三魔官《さんまかん》は、さまざまな星《ほし》をめぐりながら逃走中《とうそうちゅう》。これらの星々《ほしぼし》のはてに、真《しん》の敵《てき》がひそんでおるはずです」

「想像《そうぞう》を絶《ぜっ》する戦《たたか》いになりそうだな。われわれも、本気《ほんき》のかまえが必要《ひつよう》だ」

メタナイトは星図《せいず》をにらみ、つぶやいた。

「――カービィに連絡《れんらく》を取《と》ってくれ」

ようやく平和《へいわ》になったプププランド。
でも、三魔官《さんまかん》は何《なに》かをたくらんでいるようで……？
次巻《じかん》
スターアライズ編《へん》
完結《かんけつ》!!
宇宙《うちゅう》に大《だい》ピンチが迫《せま》る!!
カービィは仲間《なかま》たちと力《ちから》を合《あ》わせ、
友情《ゆうじょう》の力《ちから》「フレンズ能力《のうりょく》」で宇宙《うちゅう》を救《すく》う旅《たび》に出《で》る！

カービィたちの前《まえ》に、
強《きょう》大《だい》な敵《てき》がたちはだかる!
大《だい》バトルの
結《けつ》末《まつ》は!?
大《だい》人《にん》気《き》ゲーム
『星《ほし》のカービィ　スターアライズ』
小《しょう》説《せつ》版《ばん》!
星《ほし》のカービィ
スターアライズ
宇《う》宙《ちゅう》の大《だい》ピンチ!?編《へん》
2018年《ねん》8月《がつ》15日《にち》発《はつ》売《ばい》予《よ》定《てい》!!
このイラストがめじるしだよ!!
© Nintendo / HAL Laboratory, Inc.

高瀬美恵／作
東京都出身、O型。代表作に角川つばさ文庫「モンスターストライク」「逆転裁判」「牧場物語」「GIRLS MODE」各シリーズなど。ライトノベルやゲームのノベライズ、さらにゲームのシナリオ執筆でも活躍中。

苅野タウ・ぽと／絵
東京都在住。姉妹イラストレーター。主な作品として絵本『星のカービィ そらのおさんぽ』『星のカービィ おかしなスイーツ島』、「サンリオキャラクターえほん ハローキティ」シリーズ（いずれもイラスト担当）などがある。

角川《かどかわ》つばさ文庫《ぶんこ》　Cた3-15

星《ほし》のカービィ

スターアライズ フレンズ大冒険《だいぼうけん》！編《へん》

作《さく》　高瀬美恵《たかせみえ》
絵《え》　苅野《かりの》タウ・ぽと

2018年７月15日　初版発行
2019年５月25日　６版発行

発行者　郡司 聡
発　行　株式会社KADOKAWA
〒102-8177　東京都千代田区富士見 2-13-3
電話　0570-002-301（ナビダイヤル）
印　刷　大日本印刷株式会社
製　本　大日本印刷株式会社
装　丁　ムシカゴグラフィクス

©Mie Takase 2018
©Nintendo / HAL Laboratory, Inc.　KB18-2438　Printed in Japan
ISBN978-4-04-631822-0　C8293　N.D.C.913　212p　18cm

本書の無断複製（コピー、スキャン、デジタル化等）並びに無断複製物の譲渡及び配信は、著作権法上での例外を除き禁じられています。また、本書を代行業者などの第三者に依頼して複製する行為は、たとえ個人や家庭内での利用であっても一切認められておりません。
定価はカバーに表示してあります。

KADOKAWA　カスタマーサポート
［電話］0570-002-301（土日祝日を除く11時〜17時）
［WEB］https://www.kadokawa.co.jp/（「お問い合わせ」へお進みください）
※製造不良品につきましては上記窓口にて承ります。
※記述・収録内容を超えるご質問にはお答えできない場合があります。
※サポートは日本国内に限らせていただきます。

読者のみなさまからのお便りをお待ちしています。下のあて先まで送ってね。
いただいたお便りは、編集部から著者へおわたしいたします。

〒102-8078　東京都千代田区富士見 1-8-19　角川つばさ文庫編集部

角川つばさ文庫のラインナップ

星のカービィ
プププランドで大レース！の巻

作／高瀬美恵
絵／苅野タウ・ぽと

全宇宙でテレビ中継される大レースがプププランドで開かれることになった！　優勝者はなんでも好きなものがもらえると聞き、カービィたちはやる気まんまん！　でも、テレビ・プロデューサーのキザリオがどうも怪しくて？

© Nintendo / HAL Laboratory, Inc.

星のカービィ
あぶないグルメ屋敷!?の巻

作／高瀬美恵
絵／苅野タウ・ぽと

カービィは、プププランドのはずれにあるグルメ屋敷のパーティに、ごちそう目当てでこっそり乗り込むことに！　でも、そこでは思いもよらないことが待っていて……!?　ここでしか読めない、カービィの冒険が始まるよ☆

© Nintendo / HAL Laboratory, Inc.

星のカービィ
大迷宮のトモダチを救え！の巻

作／高瀬美恵
絵／苅野タウ・ぽと

カービィと以前戦ったことのあるマホロアが、とつぜん「トモダチを助けてヨ！」とやってきた。怪しみながらも、鏡の大迷宮にマホロアのトモダチを助けにいくカービィたち。大迷宮では、思わぬ出会いが待っていて……!?

© Nintendo / HAL Laboratory, Inc.

星のカービィ
くらやみ森で大さわぎ！の巻

作／高瀬美恵
絵／苅野タウ・ぽと

幻のフルーツを食べるため、危険なウワサのある「くらやみ森」へと向かうカービィたち一行。だけど、デデデ大王もあやしい3人組といっしょに幻のフルーツを狙っていて…!?　コピー能力をつかって、カービィが大活躍!!

© Nintendo / HAL Laboratory, Inc.

星のカービィ
結成！カービィハンターズZの巻

作／高瀬美恵
絵／苅野タウ・ぽと

ふしぎな異世界プププ王国《キングダム》に迷いこんだカービィを助けてくれたのは、なんとカービィそっくりの3人組!?　カービィたち4人はプププ王国《キングダム》の平和を守るため「カービィハンターズ」を結成し、暴れん坊たちに立ち向かう！

© Nintendo / HAL Laboratory, Inc.

星のカービィ
大盗賊ドロッチェ団あらわる！の巻

作／高瀬美恵
絵／苅野タウ・ぽと

カービィは、古びた神殿の中で大きな卵を見つける。ケガをして卵の面倒を見られない親鳥にかわって、卵を守ることになったカービィやデデデ大王たち。そんななか、大盗賊ドロッチェ団が卵を盗もうとやってきて……!?

© Nintendo / HAL Laboratory, Inc.

つぎはどれ読む？

星のカービィ
メタナイトと銀河最強の戦士

作／高瀬美恵
絵／苅野タウ・ぽと

だれにも何もいわずにメタナイトがいなくなった。そこでカービィたちはポップスターを出て、さがしに行くことに!! メタナイトは、銀河最強の戦士・ギャラクティックナイトをなぜか復活させようとしていて……!?

Ⓒ Nintendo / HAL Laboratory, Inc.

星のカービィ
ロボボプラネットの大冒険！

作／高瀬美恵
絵／苅野タウ・ぽと

平和なポップスターにとつぜん巨大な球体があらわれ、星中をキカイにかえてしまった！ カービィは、ポップスターを元に戻すため、ワドルディといっしょに冒険に出かけることに！ ゲーム最新作が小説になって登場!!

Ⓒ Nintendo / HAL Laboratory, Inc.

モンスターストライク
疾風迅雷ファルコンズ誕生!!

原作／XFLAG™ スタジオ
作／高瀬美恵
絵／オズノユミ

転校生・トオルとモンストで仲良くなったユウキ。ある日、トオルが中学生にスマホを奪われて！? 返してもらう条件は、モンストスタジアムでの勝負に勝つこと。ユウキはクラスメイトとチームを結成し、バトルに挑む！

Ⓒ XFLAG

星のカービィ
決戦！ バトルデラックス!!

作／高瀬美恵
絵／苅野タウ・ぽと

武道大会・デデデグランプリ開催！ 対戦相手は、なんと、たくさんのカービィのコピーたち!? ワドルディとタッグを組んだカービィは、様々な能力を持つコピーカービィたちに挑む！ 優勝賞品のデラックス山もりケーキを食べるのはだれだ!?

Ⓒ Nintendo / HAL Laboratory, Inc.

逆転裁判
逆転アイドル

作／高瀬美恵　カバー絵／カプコン　挿絵／菊野郎

弁護士の成歩堂が訪れたショッピングモールで事件が発生！ アイドル・百ヶ谷スモモが殺人の容疑者として逮捕されてしまう。成歩堂は彼女の弁護人となり、法廷で彼女の無実を証明することに！ 人気ゲームの小説化!!

Ⓒ CAPCOM CO., LTD. ALL RIGHTS RESERVED.

星のカービィ
メタナイトとあやつり姫

作／高瀬美恵
絵／苅野タウ・ぽと

ケーキ作りで有名なシフォン星のお姫様が行方不明になった!! メタナイトは、カービィ、デデデ大王たちとともにシフォン星へと向かう。そこでは意外な展開が待ち受けていて……!? 今回は、メタナイトが主人公の特別編!!

Ⓒ Nintendo / HAL Laboratory, Inc.

角川つばさ文庫発刊のことば

角川グループでは『セーラー服と機関銃』(81)、『時をかける少女』(83・06)、『ぼくらの七日間戦争』(88)、『リング』(98)、『ブレイブ・ストーリー』(06)、『バッテリー』(07)、『DIVE!!』(08)など、角川文庫と映像とのメディアミックスによって、「読書の楽しみ」を提供してきました。

角川文庫創刊60周年を期に、十代の読書体験を調べてみたところ、角川グループの発行するさまざまなジャンルの文庫が、小・中学校でたくさん読まれていることを知りました。

そこで、文庫を読む前のさらに若いみなさんに、スポーツやマンガやゲームと同じように「本を読むこと」を体験してもらいたいと「角川つばさ文庫」をつくりました。

読書は自転車と同じように、最初は少しの練習が必要です。しかし、読んでいく楽しさを知れば、どんな遠くの世界にも自分の速度で出かけることができます。それは、想像力という「つばさ」を手に入れたことにほかなりません。

「角川つばさ文庫」では、読者のみなさんといっしょに成長していける、新しい物語、新しいノンフィクション、角川グループのベストセラー、ライトノベル、ファンタジー、クラシックスなど、はば広いジャンルの物語に出会える「場」を、みなさんとつくっていきたいと考えています。

読んだ人の数だけ生まれる豊かな物語の世界。そこで体験する喜びや悲しみ、くやしさや恐ろしさは、本の世界の出来事ではありますが、みなさんの心を確実にゆさぶり、やがて知となり実となる「種」を残してくれるでしょう。

かつての角川文庫の読者がそうであったように、「角川つばさ文庫」の読者のみなさんが、その「種」から「21世紀のエンタテインメント」をつくっていってくれたなら、こんなにうれしいことはありません。

物語の世界を自分の「つばさ」で自由自在に飛び、自分で未来をきりひらいていってください。

ひらけば、どこへでも。——角川つばさ文庫の願いです。

角川つばさ文庫編集部